1

別以爲兄弟打從同一個娘胎出來，住同一個屋簷下十幾年，吃同鍋菜、蓋同一條棉被，甚至穿同一件內褲，就會個性相合、如膠似漆，那可是天大的玩笑。若是每對兄弟都兄友弟恭、相親相愛的話，怎麼還會有「兄弟鬩牆」這句成語呢？

我跟我弟倒還不到「兄弟鬩牆」的地步，但感情卻如南極大陸的萬年堅冰一般，冷到極點。從小，我和我弟就不像生活在同一個世界裡。愛玩的我，老是整日不在家，與外頭的野孩子們廝混終日。而他呢？裝著一副好學生的樣子，在家裡安安靜靜地讀書寫字。我的父母是傳統的臺灣父母，對於成績這件事的關注，遠勝過其他任何事物。我的成績總在班上吊車尾，而那個老和我被分在同一班的傢伙，卻每學期都是全班第一名。

若要我回憶小時候的家庭生活，總浮現出許多不堪回首的畫面，像是當我被母親罰站反省時，他卻坐在灑落著金色陽光的窗台前，悠哉地看著他的書本。我回過頭去，滿心不悅地盯著他，我相信他知道我在看他，卻眼皮也不抬一下，假惺惺地看他的書。他白皙的臉龐倒映在我的眼眸裡，那立體的五官，纖細的身形，還有翻閱著書本的修長手指，我心裡突然湧出雜陳五味。

「他到底是不屑我，還是？」我這麼想。

我從不懷疑我跟他的血緣關係，因爲我們兩個來到這世界上的時間只差了三分鐘。這種關係，不只是一般兄弟，而是從同一個受精卵分裂而成的孿生雙胞胎。我覺得他的心裡一定很嘔，因爲從懂事以來，他的一切都比我優秀（除了相似的外表），卻因爲那三分鐘的差距，在親屬稱謂上卻得叫我一聲「哥哥」。但是我也很不爽啊！明明只差了三分鐘，在同一個起跑點上面的我們，爲什麼就有那麼大的差異？就連性取向，好像也不太一樣。

升上國中，除了知識又更開了一些以外，身體似乎也同時發生變化，這種變化對我而言並不意外。鄉下小孩的物質生活比不上都市，而在「精神生活」上更爲貧乏。朋友們手上只要有了「細本的」或是寫眞集，沒一會兒工夫就會傳閱一輪。所有人都巴望著快點長大，成爲眞正的男人，好好地到美眉堆裡巡狩一番。而住在我對門房間的他，卻好像聖人般，冷峻地過著優秀卻平淡的生活。我覺得他一定沒看過色情書刊，搞不好連老二會長毛都不清楚呢！想到他被長毛的老二嚇一跳的樣子，我就在心裡暗笑起來。

隨著身體向大人急速轉變，我原本只長在那話兒上方薄薄的絨毛，不但越長越長，也向肚臍下方蔓延。在某一次手淫時，我發現我的龜頭從包皮裡勃發而出，粉紅粉紅的，向這個世界打招呼。這些轉變讓我又驚又喜，但是，另一個發現卻使我的慘綠青春期，蒙上了陰影。

我發現自己竟然不著迷於大眼睛班花邱馥宥，也不喜歡人見人愛的小可愛陳思瑩，卻老是看著坐在我斜前方沈慶瑜的背影發愣。

我和沈慶瑜認識很久了，兩家住在同一個村子裡，他是我們那群小鬼頭中的一員。國小時的沈慶瑜長得又瘦又小，皮膚黝黑到發亮，在那個不懂尊重人權的時代，小孩們都稱沈慶瑜爲「泰國仔」。我們這群「猴囝仔」，就像山裡的猴子一般，到處惹事破壞，而傻乎乎的沈慶瑜總是第一個被大人抓包的倒楣鬼。

但是，男大十八變，升上國中後的沈慶瑜，身高一口氣抽高到超過一百八十公分，加上他一餐至少要吃三碗飯，豐富的營養讓他的臂膀壯碩起來，胸膛也跟著厚實許多，膚色從黑黑髒髒的「泰國仔」，變成健美的古銅色。不過，幸好他的智商並未隨著身體成長而有所進展，他總喜歡在每節下課時跟在我屁股後頭，上福利社跟、小便也跟，只差上大號時沒跟進廁所裡。這個「大」跟班有時挺可愛的，但成天跟在後頭，也會覺得厭煩。

以前的沈慶瑜當然沒有女生會喜歡，但長大以後的沈慶瑜，卻成了許多女生的暗戀對象。只是，沈慶瑜對人家的好意卻不知如何領受。有人寫情書給他，他不回；有人送他禮物，他卻拿來送給我。更倒楣的是，我竟然也被某些女生給討厭，因爲沈慶瑜天天和我黏在一起，而對她們的殷勤全不搭理。小心眼的女孩在私底下竊竊私語，說什麼沈慶瑜不理人，都是薛宗興教的。這種說法傳到我耳裡，除了「冤枉」也無話可說，我才不會無聊到要沈慶瑜去拒絕人家投懷送抱。

比起**他**，國中時的沈慶瑜還比較像我兄弟（沈慶瑜比我大兩個月）。我的目光偶爾會掃向教室的另一個角落，看著他在教同學功課。最近常問他英文的是白皙的正妹甯筱珊，兩個人有說有笑，讓我直覺其中一定有「姦情」。我心裡暗地碎唸道：「哼！連把妹都比我快。我果然是樣樣輸他……。」

我所讀的鄉下國中，還有著以往升學主義的陋習，升上國三的那個暑假進行了能力分班。不讀書的我與資質駑鈍的沈慶瑜被都分到B段的三年十班，我弟跟甯筱珊則被分進了A段最強的三年一班，兩個班級一個在三樓，另一個則在一樓。因此平日看到那傢伙的時間也隨之減少，只有在他補習回來到進房讀書的那幾分鐘，以及短短十幾分鐘的早、晚餐時光。反觀我跟沈慶瑜，沒了功課壓力，讓一切隨緣的結果，就是天天玩在一起，好不快樂。

2

八月炎夏的一個午后，溫暖且潮濕的熏風，吹拂著窗外的椰子樹，在那熾熱的驕陽底下，風拍打著樹葉，枝椏時而交錯，時而分開，有如兩具精實的男體交纏，沙沙作響著。

這天，父母都上班去了，他一早也出門上暑期輔導課，家中只剩我一人睡到中午才醒。我將冰箱裡的飯菜熱了，拿到客廳配著電視吃。才剛吃飽，電話響了。我接起電話，打來的是沈慶瑜，說要來找我玩。這小子每天都這個時候打電話來，其實他可以不用花電話錢，直接登門拜訪。因爲他天天都來，我家簡直就跟他家後院差不多。

不一會兒，人來了，我也懶得理他，沈慶瑜自己就到客廳櫃子裡拿出PS來玩。他的電玩技巧一樣拙劣，我只是坐在一旁看。沈慶瑜一直打某一關的boss打不死，按了暫停鍵，轉過頭來對我說：「有夠熱的！爲什麼無愛開冷氣？」

「恁娘咧！你開冷氣電錢啥人來納啊？」

「厚唷！不想欲耍了啦！」

沈慶瑜關了電動，坐在小凳子上發呆，而我則橫躺在沙發上，望著天花板上的老舊吊扇。突然間，客廳陷入奇怪的靜默之中，只剩吊扇發出的嘎嘎聲，以及門外鳳凰木上吱吱的蟬唱。

時間緩慢地流逝，沈慶瑜突然「厚」的一聲，打破了靜謐。

「怎樣啦？」

「阮來耍別款的啦！」

「欲耍啥物？」

「我啊知。」

「幹！你無知，我就會知喔？」

沈慶瑜被我一兇，閉上了聒噪的嘴。

我看著沈慶瑜的背影，他穿著黑色的T恤，還有再平凡不過的藍色運動褲。忽然我靈機一動，對沈慶瑜說道：「咱來划拳。」

「啥潲（洨，精液）？划拳有啥好耍的？」沈慶瑜轉過身來，用他迷人的小眼睛狐疑地看著我。

「你無聽過外口彼款酒店，攏有耍一種划拳，輸的就愛褪一領衫。咱來比賽，看啥人尚緊褪了了。」

沈慶瑜的裸體我也不是沒看過，從小一起在水圳裡游泳，那時候他的小雞雞，小到可以忽視。但這根小雞雞在我們升上國中後，就和沈慶瑜的身高一樣，一夜長大。

「喔，好啦。穿那呢少領，足緊就知輸贏啊。」沈慶瑜說。

「你白癡喔，較緊知影輸贏較好。無佇遐耍半晡（不要在那裡玩了半天），一直無輸無贏，浪費時間。」我說。

完全不知我邪惡盤算的沈慶瑜，一下子便掉進陷阱中。

「鉸刀！石頭！紙！」

第一把，我剪刀，他石頭，我輸了。我二話不說，把外衣脫了。

沈慶瑜看著我蒼白瘦弱的胸膛，說：「你是肉雞喔，胸坎這呢白，你最近攏無在游泳喔？」

「白才好啦，你有看過酒店小姐彼兩粒攏是烏的嗎？」

「喔…可是你又毋是酒店小姐……」

我一心只想在划拳比賽中擊敗沈慶瑜，懶得跟他講那麼多，便說：「莫講這呢濟（別說這麼多），繼續啦！」

第二把，我又輸了。這下子得脫褲子了，不過我很奸巧，把右脚的襪子脫下來。

「欸，袜子敢有算？」

「穿佇身軀頂的攏算啦！」

沈慶瑜根本就拿我沒辦法。

第三把，我再輸，只得再脫一隻襪子。

第四把，在連三次出拳平手後，我出了剪刀，卻碰上沈慶瑜的石頭，連輸四把。

「喔！褪褲！褪褲！」沈慶瑜開心地喊著。

既然是我提議猜拳，輸了也只得認份，如果要賴不脫褲子，那也沒辦法拉沈慶瑜下水。於是我豪氣地說道：「幹！褪就褪，無在驚的。」

我把短褲脫掉，只剩一件黑色子彈內褲。

沈慶瑜直盯著我瞧，說道：「你有夠嬈呢，穿這款內褲。」

「你變態喔，看查甫內褲會爽喔？」

沈慶瑜趕緊將他的視線從我身上移開，一臉不屑地說：「那有，我對你才無興趣，白肉雞！」

接下來的兩把，我總算轉運了，連續贏了兩次。沈慶瑜先脫掉外衣，接著將身上的玉佩拿了下來。

「你娘咧，玉仔無算啦！」

「幹，你之前講身上的物件攏有算。」

「幹，好啦！」我竟然被沈慶瑜反擺了一道。

我偷偷看著沈慶瑜已略有成熟男人形狀的胸膛，還挺漂亮的呢。爲了看到他的裸體，我下定決心一定要贏這場遊戲！

第七把，果然皇天不負苦心人啊！我贏了。沈慶瑜老實地脫下短褲，裡頭穿著一件很常見卻有些不合身的ＢＶＤ白內褲，我猜應該是沈慶瑜長得實在太快，內褲來不及換吧。我無法克制自己不往那一大包凸出物看去……薄薄的布料根本遮掩不了那根東西的形狀，而內褲鬆緊帶與大腿連接的兩側，幾莖隱藏不住的黑毛，也偷偷探出頭來。沈慶瑜在我面前又扭又捏，忙著拿衣服遮掩下半身，他沒發現到，我的老二也偷偷在內褲裡立正站好了。

決定勝負的時間到了，兩個既好奇又懵懂的國中男孩，用划拳來決定能否保留自己私處的最後一絲神祕。

「鉸刀！石頭！紙！」

在勝負揭曉的剎那，我低下頭來，而沈慶瑜則是高聲歡呼：「喔耶！你輸啊！褪內褲！褪內褲！」

「莫吵啦！」

「緊咧，講話算話喔。」

我不願意這樣就範，倏然站起身來打算躲進房間，沈慶瑜卻一手抱住我的大腿，另一手拉著內褲褲頭，我那件輕薄短小的內褲，禁不住沈慶瑜用力一扯，硬是被脫到小腿邊。原本包覆在內褲中，已經硬到馬眼出水的老二彈了出來，在沈慶瑜眼前晃呀晃。我跟沈慶瑜都愣住了。

就這麼僵持了數秒，沈慶瑜開口說：「哭夭！你的膦鳥(屌)那會這呢硬？」

我一面用手遮住一杜擎天的老二，一面回擊：「袂使喔？」

「莫蓋啦，互我看啦！」

「有啥物好看的？」

「無看過咩！」

沈慶瑜用力拉扯我的手，而我則弓著身子拚命遮掩。

「你講話無算話！」他又說：「卡早攏看A片查某的奶仔，這擺看一咧查甫的也袂歹。」

沒想到沈慶瑜竟然對男人的老二有興趣。

要看就讓他看吧！我的手漸漸鬆開，將那根陽物呈現在沈慶瑜面前。

沈慶瑜目不轉睛地盯著我的分身瞧。我才不想讓他一直吃我豆腐，「哼」的一聲，坐回沙發上，盤起雙腿，拿衣服蓋住重點部位，然後對沈慶瑜說：「抑未完，擱有『第二階段』。」

「啥物？」

「抑袂耍完，你的褲擱有一領。」

「欸，毋是我贏啊喔？」

「拄仔(剛才)是『第一階段』，這馬是『第二階段』。」

「啥？」

「就是『第二階段』，輸的人愛做查某，替另外一個欶膦鳥(吸屌)。」

「幹！你有夠變態！」

「你攏看過我的膦鳥，袂使無要。」

沈慶瑜遲疑了幾秒鐘，歪著嘴一臉勉強地說：「好啦…要就要。」

我的計策達成了，這場遊戲硬是被帶進「第二回合」。

第九把。沈慶瑜出布，而我出的是剪刀。

「哈哈哈，汝輸啊。欸！褪啊！」我對我的勝利感到得意忘形。

「喔……」沈慶瑜扭捏著高壯的身軀，看起來竟有些不協調。

「較有品一點，我攏褪了，換你啊。」

「喔……」

沈慶瑜萬分不願地，一點一點拉下他不合身的白色三角褲。

我像在看一部即將高潮的電影，目光盯在沈慶瑜身上，深怕一個閃神就錯過最關鍵的一幕。隨著內褲慢慢脫下，首先露出零星的幾根陰毛，越往下脫，青青草原越發蔥鬱茂盛。突然間，一座聳立的高峰呈現在我面前，我被它的壯麗所吸引，差點忘了呼吸。

我已經忘記爲什麼會開始喜歡男人的身體了。國中時期，家中裝了撥接的網路，我偶爾會偷用電腦，上一些同志網站，饑渴地搜索赤裸的男體。但那畢竟是虛擬世界，而現在展露在我面前的，卻是一根發育中的陰莖，我恨不得衝到它面前，將它牢牢握在手掌心。

「你自己還不是硬了。」我用國語對沈慶瑜說。

沈慶瑜低下頭看了他的老二一眼，突然有點害羞起來。

「你的比我還大耶。」我說。

「…但是，你的比較漂亮啦。」

「大比較好啦！」我說。

我和沈慶瑜裸裎相見，脫去所有的束縛，赤裸著無所遮掩的身體，相視而笑。

「來吧，尙尾（最後）一把。」

這話從沈慶瑜口中說出，沒想到他還想繼續玩下去。

最終戰，我輸了。

沈慶瑜站起身來，把那至少十六公分長的老二往我面前一放。

其實我大可以一口含下，但總是要假仙一下，我撇過頭去，對沈慶瑜說：「欸，欶彼個足癩ko（骯髒）呢。」

「哪會，我攏有洗呢。」

「騙痟的，汝平常時就眞少在洗身軀，尙好是有洗啦！」

「喔，那我這馬去洗。」

我心想，等沈慶瑜洗完澡，搞不好他又會變卦。我猛然抓住他的屌，一口就含了進去。

「汝創啥潲?!」沈慶瑜被我突來的舉動嚇了一大跳。

我暫時吐出沈慶瑜的屌，但手仍握住，不讓它跑掉。我抬起頭看著他說：「無洗較好食。」

我又將屌含入口中。沈慶瑜的屌味簡直是「五味雜陳」，有著夏天流汗的汗酸味；有著小便完沒甩乾淨的尿騷味；更有悶在內褲裡的臭殕味（霉味）；還有青春期男生所特有的半生不熟的青春味。這味，起初不好聞，但聞久一些，卻有一股使人情慾高張的後勁出現。

沈慶瑜沒排斥我，反而樂在其中。我雙膝跪在沙發上，一手捧著他碩實的卵蛋，另一手則握著他陽具的根部，吞吞又吐吐。我沒有性經驗，性知識的來源，除了「細本的」黃色書刊，就是男女A片，至於男男情色照片，那是這幾個月來從網路上發現的新鮮貨。我嘗試著挑逗沈慶瑜的老二，先是用舌尖輕輕撥弄他的馬眼。沒想到這招竟讓沈慶瑜發出低沉的吼聲，馬眼分泌出透明的黏液，我本以為沈慶瑜偷尿尿，但那液體卻比尿來得黏稠，我用舌尖一嚐，覺得這液體又黏又鹹，卻也不難吃。

「無愛繼續幫我敕?足爽呢。我以前只知影互查某敕足爽，攏毋知影互查甫敕也這呢爽。」沈慶瑜說。

我擦了擦嘴唇上的口水，用國語對沈慶瑜說：「你白癡喔，男女嘴巴都一樣，當然都會爽啊。」

「著厚。」沈慶瑜傻笑了一下，接著說：「擱來啦。」

我順著他的意思，再次將他的分身含入口中，用舌頭挑弄他的馬眼，那鹹鹹黏黏的分泌物又冒了出來。我模仿A片女優的口交方式，將沈慶瑜的大龜頭含入口中，一吞一吐吸吮著。按捺不住的沈慶瑜竟「歐歐歐」地叫了起來。

沈慶瑜用手壓了壓我的後腦杓，要我含深一點，但他的屌實在太長，我的喉嚨被他頂到乾嘔起來。

我吐出沈慶瑜的屌，別過頭去抱怨著：「厚唷，你的傷大（太大）啊啦。」

「哪會，A片內底的人攏比我大足濟（很多）。」

「彼是阿啄仔（外國人），咱臺灣人無許大啦！」

沈慶瑜到底算不算大屌呢？依我後來的經歷，他當年的屌就勝過臺灣大多數男性了。

沈慶瑜端詳著我半軟不硬的分身，對我說：「好啦，換我幫汝欶。」

沒想到沈慶瑜竟然這麼好心，也想幫我含老二。當時的我並未意識到沈慶瑜的行爲有什麼不尋常的地方，直到「懂事」後回想起來，才覺得一般異男大都可以接受被男人含，但要他們也幫別人含就有些困難了。除非……這個人並不是純粹的異男。

沈慶瑜見我沒說話，便一口含住我的下體，他嘴裡的滑濕柔軟立刻從我的老二直衝腦門。我的分身隨著沈慶瑜的吸吮，逐漸在他口中恢復強壯的本色。

原來，被含那麼舒服。

第一次被口交的我，沒兩下到就臨界點了。我推了一下沈慶瑜的肩膀，對他說：「等一下。」沈慶瑜仰起頭看著我，我對他說：「客廳無方便，外口隨時會有人轉來。」

我撿起散落一地的衣褲，引著沈慶瑜，各自挺著堅硬的老二，到我房間去。

進了房間，我將房門上鎖，轉頭一看，沈慶瑜竟躲在床邊，用衣服蓋住身體的私密處。這時，我也發現自己是全身赤裸面向另一個男孩。一九九〇年代後期的臺南鄉下，兩個男孩的親密接觸，仍是禁忌的，也是羞恥的。我懷疑自己，是否被激情給沖昏頭了？

只是我對男體的慾望隨即打敗道德，我坐到沈慶瑜身邊，問道：「安怎，你閉思（害羞）喔？」

「無啦，只是……」沈慶瑜話到嘴邊，卻收了回去。

「只是安怎？」

「兩個查甫做彼款代誌，有淡薄仔（些許）怪怪的呢……」

我一時也不知道該怎麼回應。

沉默了數秒後，沈慶瑜開口說：「可是……這感覺擱算袂歹（還不錯）。」

「是喔……」

「其實……」沈慶瑜又一次話到嘴邊。

我不去追問，只是靜靜地等他思考。

沈慶瑜用國語對我說：「我覺得你還蠻不錯的……」

語畢，他尷尬地對我燦然一笑。

「你也是……」我小聲地回應沈慶瑜。

這或許算是男孩子的小小告白。

我突然覺得耳根子發熱，可能臉紅了，身體的另一個部分再次充血。

沈慶瑜繼續他的「眞情告白」：「我覺得你很聰明，又白白的，不像我皮膚是『癩ko色』(髒兮兮的顏色)。所以會想要黏在你身邊、和你一起玩。只是有時候我覺得你討厭我，『因爲汝有時陣會歹我(對我兇)』。」

我一時之間不知該怎麼回答他。

沈慶瑜不待我答覆，突然往我身體撲來，用他結實的雙臂給了我一個熊抱，我順著他的勢被他翻在床上，也用手抱住他的後頸，在他耳邊說：「汝擱ting(硬)喔？」我握住沈慶瑜又燙又熱的老二，它像故事裡的噴火龍，不過這條龍不噴火，卻會噴出男性最美妙的精華。

「汝家己不是仝款(你自己不是一樣)？」沈慶瑜一邊說，一邊也用手握著我的老二，並慢慢地開始上下套弄。

我們相互撫弄著對方的分身，軀體糾纏著。這是個連麻雀都懶得吵鬧的午后，我們在熱氣蒸騰的房間中，努力替對方搓弄「青春小鳥」。「喔喔喔～」我們先後達到青春幻夢中的噴射高潮。

躺在軋軋作響的電風扇邊，我沉沉睡去，沈慶瑜也一樣沉睡，他的手摟住我的腰際，慢慢變軟的老二馬眼，還流有些許未排完的液體。這些液體緩緩地蓄積，隨著他呼吸的起落而輕輕地搖蕩著，最後因爲地心引力的作用，悄悄地落到床墊上，然後暈開。

3

我與沈慶瑜的禁忌行為，在我們單純的心中，只是一場「大男孩的遊戲」罷了。在激情過後，理智立即取代我們的想法與行為。

那天醒來，窗外的陽光已成暮色，我搖了搖身旁睡得正香甜的沈慶瑜，叫他起床。他急急忙忙地穿上衣服，嘴裡嘟噥著說再不回家會被阿公「修理」。我穿衣的速度也不輸他，因為母親在廚房裡炒菜的鍋鏟聲一聲聲傳入房裡，她若是發現我跟沈慶瑜衣衫不整地躺在床上，那肯定要天崩地裂。

我跟沈慶瑜穿好衣服，走下樓梯。他正好坐在沙發上看電視，用眼角餘光掃視我們，冷冷地說：「你在家喔，媽以為你跑出去了。」

我「嗯」一聲，還給他一個更冷漠的眼神。

沈慶瑜才不管我們在說什麼，逕自拉開客廳的紗門，用跑百米的速度衝回家去。

聽到外頭聲響，母親從廚房裡喊道：「啊是啥人？是阿廷嗎？」

「不是啦，是沈仔。」我回應道。

「沈仔？你拄才（剛才）佇厝內喔。」

「嘿啊，我與沈仔佇房間內睏去，毋知影恁轉來厝內啊！」

「你嘛眞會曉睏，睏到連我佮汝小弟攏轉來攏無知喔？你歸工閒閒佇厝攏在耍電動，是有這呢累嗎？」

母親自顧自地碎唸著，我懶得聽，打算也去看電視，但此時沙發上已經不見他的蹤影，應該是回房間去了吧。

他眞是個非常令人厭惡的人，就算我樣樣不如他，也犯不著用那種態度對我。

從那刻起，我興起了一個念頭，一個想讓他知道我厲害的念頭。

於是我展開一些「行動」：像是在他的水壺裡吐口水，或是故意把他晾在後門的制服丟到地上。爲了做這些愚蠢的行爲，我反而用了許多時間觀察他的活動，想從中找尋進行報復行動的機會。

平日的我，約莫十點半就上床睡覺了，但爲了把他的衣服弄髒，我必須等到全家人都睡著後，才能行動。只是好學生常常挑燈夜戰，都要十二點過後才關燈休息。

在秋風初起的某天夜裡，我又偷偷地溜到後院，他已經關燈睡覺了。我張望了一下，看到他那台橘色的脚踏車。我心生一計：來讓他的脚踏車「落鏈」好了。這樣一來，他明天得弄髒白嫩的玉手，還要花點力氣、流點汗，修好車子才能去上課。

正在我準備開始大動手脚時，他房間的檯燈竟然打開了！

我嚇得趕緊躲到雜物堆的後頭，壓低身子，深怕被他發現。

他坐在床上彎著腰，在床底下掏來掏去。掏了半天，拿出一本小書，開始翻閱起來。他一邊看書，右手放在褲襠上，緩緩撫摸著，原來是在看「細本的」。

原來這個白白淨淨、傲氣逼人的好學生，也跟一般男孩一樣，半夜偷偷地看黃色書刊打手槍啊！

撫摸了一會兒，他解開短褲鈕扣，拉下拉鍊，將褲子脫到腳邊。

我揉了揉眼睛，努力將他房裡的一舉一動看個清楚。對我而言，他的周圍充滿神祕感，那是一種冷漠與距離帶來的氛圍。我躲在雜物堆後頭，遠遠地窺伺著，他卻渾然不知自己最私密的舉動，竟被他的孿生兄弟完全看在眼底。

這時候，我天生一點五的視力派上用場了，無論是他細長的老二，還是根部所生的那撮初生陰毛，都被我看得一清二楚。他的老二又白又嫩，包皮還不能完全褪到底部，只能露出一半的龜頭，就像是剛吐出花蕊的花苞一般，美麗動人。

他一手翻閱著「細本的」，一手快速套弄著分身。他似乎覺得很舒服，不斷張口喘息著，白皙的臉上，竟也泛上一抹淡紅。

不知道他打手槍時想的是誰呢？大概幻想著搓弄某個妹的大奶子，不然就是神遊在與班花的抽插交合中吧！這時我心中浮現的，不知道是羨慕還是嫉妒。我在心裡偷偷辯駁著：「幹女人有什麼了不起，我吹過男人的老二，這是你辦不到的！」其實，在這「精神勝利法」的背後，只不過充斥著我的自卑罷了。

可能是想早點睡覺的緣故，他加快了對分身的攻勢，從馬眼流出的液體，在昏黃的燈光照射下，讓他的龜頭更顯紅潤透亮。

說時遲那時快，他隱約發出一陣低沉的嘶吼，一道道乳白色液體從他的馬眼噴射出來，沾滿了他整根分身和右手。

射完精後的他，像是跑完五百公尺一樣，全身鬆軟，只用雙手支撐在床沿。約莫過了半分鐘，他深深地吐了一口氣，站起身走到書桌旁，抽了幾張衛生紙，開始處理洩慾後的殘局。

在他善後的同時，我才感到有些寒意，原來我全身已被汗水浸濕，秋風一吹，竟也覺得有些冷。除此之外，我的下體也鼓脹到快把內褲給撐破。

突然間，他站起身來，往窗外看。我嚇了一跳，以爲被他看見，把整個身體往雜物堆裡塞。他看了一會兒，轉向另一邊，從衣櫥裡拿了一件新內褲穿上，輕輕推開了房門走出去。我更驚慌了，他會不會就打開後門走出來呢？還好，他一下子就回到房裡，關上電燈，躺下睡覺了。

我稍稍安了心，坐在泥土地上喘息著。但我仍怕被他發現，又躲了十多分鐘，最後才打開後門，偷偷溜回自己的房間。

※

換下一身臭汗的衣服，我打著赤膊躺在床上，翻來覆去地睡不著，腦中不斷浮出他剛才的赤裸胴體。眞的受不了了！我再次起身，小心翼翼地打開房門，假裝要去小便，隨手打開廁所的燈。他剛才換下來的藍色內褲，就丟在堆置髒衣物的洗衣籃裡。

內褲上，前擋陰莖處有一片水漬。我關上廁所門，撩起那件內褲端詳。剛換下不久，還溫溫、軟軟的，有著莫名的吸引力。我不由自主地將鼻子湊過去，他的內褲沒有沈慶瑜老二那股騷味，反而是剛洗好澡的肥皀香。我又嗅了嗅那潮溼的地方，有著濃郁刺鼻的味道，應該是「潲味」吧！我心想：「嘿，好孩子也會『凾槍濺潲』（尻槍噴洨）呢！」

我脫去自己的褲子，大膽地穿上他的內褲。我隔著內褲撫弄著老二，細細地感受他的體溫餘蘊。就像是回到母親子宮裡，兩個人合爲一體的時光。只是很奇怪，由同一個受精卵分裂而成的兩個男孩，卻在出生後越來越疏離。感情不好也就罷了，隨著日漸成長，更產生出極度的冷漠。但畢竟是孿生兄弟，我與他雖然互不熟悉，卻又牢牢糾結在一起。

穿著他的內褲手淫好舒服，我一下子就達到高潮，將精液全都射進他的內褲裡。說來也有趣，三十分鐘前，我看著他達到高潮，而三十分鐘後，我穿著他穿過的內褲，也達到高潮。在我噴出精華的同時，睡夢中的他，又做了什麼春夢呢？

4

一夜的折騰讓我隔天早上起不了身，整個人感到忽冷忽熱、頭痛欲裂。母親看我臉色不對勁，伸手往額頭一摸，說：「那會這呢燒？」她連忙請假帶著我到鎮上看醫生，醫生說是感冒發燒，在我手上打了一針，開了藥要我回家好好休息。

人生的得失總在一線之隔，在某些地方得利時，另一方面卻也會失去什麼。昨天在秋風蕭瑟的夜裡偷窺他手淫，當下覺得很爽，卻也得了重感冒，躺在床上難過了好幾天。國三的日子也是，在無拘無束的玩樂中，我得到一時的快樂，與沈慶瑜的「槍友」關係，滿足了少年的性好奇與男體渴求。但我隨即面臨生命中的失去。最先失去的是他，在第一次基測過後，他得了意料中的高分，上了臺南一中，因爲學校離家很遠，父母親決定讓他去學校附近租房子。至於我，考完第二次基測後，只能到鄰近的高職報到。他離家後，我「暫時」成爲家裡唯一的小孩，許多東西無需與他分享，也免去他的冷眼冷語。但少了一個人的家，卻也讓我感到悵然若失。以前不上第八節課的我，四點多回到家，總會坐在客廳沙發上看電視，到五點多時，固定開鐵門的軋軋聲響起。那軋軋聲跟軍隊裡的起床號有同樣的效果，無論當下是翹著二郎腿或是打著赤膊，我都會立刻正襟危坐，板起臉孔。我不願在他面前表現出隨便的樣子，因為他也不曾在我面前顯露過任何輕鬆。我總是制式地在他拉開紗門後，回頭看他一眼，然後說一句：「轉來啦。」而他總是「嗯」一聲就打發我。我們之間沒有任何一句多餘的話，之後我會很識相地將電視讓給他，因爲母親說要先讓他看電視放鬆，再晚點他就要讀書。如今下課以後，我可以肆無忌憚地看電視直到深夜，又或是脫光衣服在家裡自由自在，直到母親六點多下班回家後，才結束我的天體營時間。

雖然自由，但我仍懷念著五點多會聽見的軋軋聲……。

他離家後，跟我對門相望的房門依然緊閉。在國中時我就算再好奇，也不敢去接近他的房間，而現在則是更爲冰冷，只有他偶爾放假回家時，房裡才會透出些許燈光來。我已忘了最後一次踏進他房間是什麼時候。平常在後院時，他房間的毛玻璃窗總是閉著的，讓人無從窺伺。那天能夠目擊他打手槍，回想起來也眞是運氣太好。緊閉的房門是我跟他之間的超級護城河。但人的窺伺慾就是如此，越看不到的東西就越想要一探究竟。像沈慶瑜老二被褲子包緊緊時，我是愛看得要死，但到了他沒事就掏出老二叫我幫他吹的時候，我的慾望也一次次消失殆盡。我想要進他房間一探究竟的慾望，隨著每一次的經過，反而一層層地加深了。

對了，忘了說我跟沈慶瑜之後的事情。

沈慶瑜這個人是個膽小鬼，從那天之後，他就很在意我會把事情說出去。但說實在的，我又不是跟他一樣腦袋有問題，告訴別人，豈不是讓我也公諸於世嗎？但沈慶瑜的腦袋怎麼樣就是轉不動，我向他解釋了幾十次，他仍然不相信我的話。更令人厭惡的是，沈慶瑜既怕事情爆出來，但又壓抑不了慾望，三天兩頭就找我打槍吹屌。最初我並沒多說什麼，既然兩個人都想要玩，那偶爾來一下也無不可。問題在於沈慶瑜卻得寸進尺，一天裡面可以找我打三次槍，連下課十分鐘都要拉我到廁所去當四脚獸玩口交遊戲。我一臉不爽地對他說：「你嘛幫幫忙！這是下課時間，廁所裡人來來去去，早晚會被發現。」

在溝通無效後，我開始對沈慶瑜保持安全距離，對他的求歡一概拒絕，甚至恐嚇說要把事情告訴他阿公。這招對最怕阿公的沈慶瑜起了作用，他不敢再對我毛手毛脚，把注意力轉到了其他男生身上。只是，我採取這樣「堅壁清野」的作戰方式，卻也使我和沈慶瑜的友情迅速冷卻，下課休息不一起聊天，放學後也各走各的，假日他和朋友到鎮上去，我則躲在家打電動、看電視。國中畢業後，我讀家裡附近的職業學校，沈慶瑜則被阿公送去讀來回通車要四十分鐘的私立學校，我們的距離更加遙遠了……

剛到新學校的我，平常回家除了做例行公事外，還真是無聊。我越無聊，對那道深鎖的房門，反而興趣更高。

就在接近寒假前的某個夜晚，我渴求已久的機會終於出現了。

母親去員工旅遊，要到東部玩三天，而父親這兩天也在外地有工程，晚上不會回家。母親塞給我兩千塊，要我自己打發這幾天的三餐，我接過錢來，心裡暗笑著。隔天整個上午，我在學校裡想的全是晚上該怎麼做才能打開那道門，在開啓房門的一刹那，又到底會見到什麼呢？

太陽下山後，我假惺惺地待在客廳看了兩個小時的電視，順便吃晚餐。看樣子，今晚不會有人回來了。於是我從書包裡拿出鐵絲，使出我近日鑽研的新技能——開鎖。這招是我從班上的「業餘」竊車高手阿勝拜師學來的，前幾天，我回家照著阿勝所說的步驟，試著開自己的房門鎖，成績倒還不錯，弄個幾分鐘就能打開。我原先以爲他的房門鎖跟我的是同一種款式，沒想到我三脚貓的開鎖功夫，立刻遇到瓶頸，弄了好幾個小時，在冬夜裡流了滿身大汗，手也被鐵絲刮破了幾道傷口，仍然打不開。

我跌坐在地，心想：「只能這樣了嗎？」但這時放棄就輸了，於是我去浴室沖了個熱水澡，換上短袖衣褲，到他的房門口繼續奮戰。

休息一會，換個心情，拿起鐵絲往鑰匙孔這麼一探一轉，竟然發出我期待已久的「喀啦」聲。

他的房門鎖就這麼開了。

我輕輕轉開門把，推開門。漆黑的房間裡吹出一股強勁的涼風，就好像冷漠的他站在我面前一樣，害我直打哆嗦。我穿起外套抵禦那寒風，然後打開房間的電燈開關。燈亮了，這個家最神祕的角落，全然呈現在我的眼前。不過，我的幻想破滅了，房裡的佈置跟普通男孩子的房間大同小異，並非想像中五光七彩的祕境。房門打開看到的是棕色的衣櫃，跟我房間的是相同顏色與樣式。衣櫥上層是拉開式的置物空間，下方則有三層的拉式收納櫃。右手邊是他睡覺的床鋪，與小時候的一樣，頭部朝向衣櫃。床頭旁有一個小床頭櫃，上頭擺了一些公仔玩具跟個人相片。左手邊靠窗是他的書桌，那張舊式鐵桌，以前應該是爸爸在書房畫圖用的。桌子有幾道抽屜，桌上靠著牆壁擺了一些書籍與一盞檯燈。共四層的書櫃放在衣櫥對面，上頭擺滿了書，除了學校相關的書籍外，還有一些課外書，書名是什麼《孽子》、《荒人手記》、《再生緣》之類。當時的我不看書，根本不知道它們的內容到底是什麼。

我仔細地端詳了他房間，終於了解，那股吸引我的神祕感並非來自房間本身，而是來自活動於房間中的他。是他，賦予了這房間神祕。

我下意識地打開衣櫃，一股厚重的樟腦味道撲面而來，十分嗆鼻。他衣櫃裡的衣物不多，都只是平日常穿的衣服。

我關上櫃子門，接著打開底下抽屜的第一層，裡面放著的仍然是衣服，主要是夏天的短袖。第二層則出現讓人眼睛一亮的東西——他的內褲。抽屜裡的內褲約莫十件，有三角的，也有四角的，樣式跟我的差不多，因爲都是母親買的。百般無聊的我拿起幾件，嗅了一嗅。洗過的內褲沒有當時的腥味，只有洗衣粉的香味。不過，有件白色的三角褲引起我的注意，在它的內裡有著一點點黃色的汙漬，不知道是尿漬還是精液的痕跡呢？

這件內褲竟然激發了我的幻想。我脫掉自己的褲子，再將他的內褲穿在身上。雖沒有上次來得刺激，但我的屌仍然立刻充血了。

我的下身就這麼只穿著他的內褲，繼續探索他的房間。打開第三層抽屜。裡面放的是一些考卷跟雜物，仍然沒有什麼特別之處。我又上下翻了翻他的書櫃，盡是一些我不感興趣的東西。最讓人生氣的，是他書桌的抽屜都用小鎖頭鎖住。鎖頭的鑰匙孔太小，而我手邊的鐵絲卻太粗，完全無法打開。

「抽屜裡放的是黃色書刊？還是女生寫給他的情書呢？」我仍好奇地胡思亂想著。

突然我靈光一閃，想起了那天夜裡所窺見的事。

我趴到地上，掃視他床底下的空間，一個紙盒子就放在那裡。

「哈哈，總算有祕密給我找到了吧！」我心想。

我小心翼翼地將蓋子打開，半滿的盒子裡，最上面放了幾本已被翻到破爛泛黃的「細本的」。

看這些「細本的」破爛的樣子，它們應該是他最愛的助興書籍。對我而言，看「細本的」的日子已遠離一段時間，當時的我早已進化到用電腦偷看網上的男男圖片了。網路上的東西雖然不多，卻也五花八門、取得容易，哪還需要看「細本的」？

他珍藏的「細本的」內容不是制服妹被幹、OL被插，要不就是兩個女的互舔屄，其中還有一本全是有關SM的。

「看那麼重鹹喔？」我在心裡說。

不過，這樣說來他也是有些可憐，身爲好學生，不敢明目張膽地看色情書刊，只能偷藏幾本在盒子裡，翻到破爛也沒機會補新貨。

翻著翻著，忽然從某一本漫畫的內頁裡掉出一枚扁平的東西來。我定睛一看，原來是一個保險套。

保險套這種東西對我來說一點都不稀奇，就只不過是個套在老二上的橡膠，用來防止懷孕或得病罷了。小學高年級時，鎮上的kám仔店（雜貨店）旁邊放了幾臺夾娃娃機，所有人去玩都是醉翁之意不在酒，裡頭的東西都附有一張兌換券，可以拿去跟老闆換「獎品」。獎品有好色的青春期男生最愛的寫眞集、「細本的」，大獎則是「愛情動作片」光碟，還有奇奇怪怪的情趣用品。我和小時候那群朋友，平常閒著無聊，就會投錢夾東西。我的技術不好，常常夾不到，頭腦簡單、四肢發達的沈慶瑜則偶有佳作。老闆娘看我們年紀小，情趣用品派不太上用場，所以都會主動換成色情書刊。有一次沈慶瑜夾到「彩色保險套」，我們一群人慫恿他不要換色情書刊，於是老闆娘給了他一個寫著日文字的盒子，盒子裡有三個封套，分別是紅、綠、藍三個顏色的保險套。沈慶瑜先拆開綠色的，裡頭的東西就像還沒吹氣的氣球。我們幾個人蹲在牆角研究了半天，不知道怎麼使用，我一把將東西搶了過來，罵道：「憨白癡喔，這是提來套佇膦鳥頂的啦！」我叫沈慶瑜把右手大姆指伸出來，將綠色的保險套套在上面。套子大、姆指小，鬆垮垮的，我們看了都笑了起來。沈慶瑜覺得無聊，就把紅色的保險套給了我，而藍色的給了另一個玩伴。

那天夜裡，我悄悄鎖上房門，拆開其中一個的包裝，掏出內容物，那玩意怪滑溜的，散發著一股廉價的化學草莓香料味。我把套子弄開來，看它鬆垮垮地躺在我的書桌上，心中忽然湧出一股笑意。這保險套還真像男人的老二，還沒搞之前硬梆梆的，雄偉又結實，用過之後，卻垂頭喪氣，癱軟在那。

我試著把保險套收回到原本樣子，但這種「一次性用品」，既然弄開來就已是「水潑落地歹收回」，再也無法變回原先的模樣。我用雙指拎起它，嘗試往自己稍稍硬起來的屌套去，但鬆垮垮的套子，已無法符合我那剛剛成長的屌。實在太無聊了，我順手將它丟到垃圾桶裡，這是我最後一次看到它……。

我從回憶裡回過神來，看那著那只米黃色的保險套。套子的頂端，似乎有液體乾掉的痕跡，我鼻子湊近聞了一下，果然有一股刺鼻的腥味撲來。這時，我心裡又胡思亂想起來……

「他是跟我一樣套著套子打槍嗎？還是他用這個套子去幹過女人？」

「幹女人，好強啊！」

「他是幹哪一個女生呢？是同學嗎？還是學妹？」

「爲什麼要把用過的套子留起來？要紀念什麼嗎？」

我無邊無際地幻想著，一手握著他的套子，一手開始撫弄著自己的老二。這時的我，變成了他，坐在同樣的床沿，玩弄著同樣年紀的陰莖。在刺激一段程度後，我與他的馬眼都會流出一樣濃稠的淫水，我手套弄的速度越來越快，屌也越來越硬。最後，我全身顫抖著將精液射個滿地。

5

看似無垠的青少年時期，轉眼就倏然而過。入學當天還如昨日一般烙印在腦海中，我卻即將從高職畢業。這三年裡，我生活在電玩、漫畫、電視、遊蕩與閒聊之中，我空虛的人生，一點也沒進步。

自從那次冬夜裡的侵入後，我再也沒有進過他的房間，一來是找不到機會，二來是我始終都無法再次打開他的房門。那道門再次阻斷了一切，我開始轉向其他地方發展。

高二時，我第一次上網約炮，對方是個十九歲的大學生，我們聊沒幾句，就互換了照片。如今我早已遺忘阿輝平凡的外表，只記得他將我帶回宿舍，急急地扒光我的衣服，就騎到我身上。我並沒有反抗，只是順著性慾，拋開一切，與一具男體翻雲覆雨。

69之後，阿輝問我想不想做愛，我說：「也是可以。」於是阿輝拿出一只保險套套上那根青筋暴露的傢伙。這和他藏在盒子裡的那一個是同樣的顏色。阿輝在手指上塗一點潤滑液，往我的屁眼直探過來。我感到屁眼涼涼的，下意識地縮緊了一下，但滑溜溜的液體助長了阿輝手指的來勢，咕嚕一聲地就插入了屁眼之中。但不知爲什麼，隨著阿輝將食指換成中指，再換成兩指合併插入，一種奇怪而無法言喻的快感從後庭油然而生。

阿輝不囉嗦，扳起我的雙腿，舉起肉棒，猛然插入。

「好痛！」

阿輝的老二整根沒入在我的屁眼之中，一股撕裂的痛楚在我的全身竄流。

「眞的好痛！」我咬著牙，嘴裡哀求阿輝停止動作。

「眞的很痛嗎？不能忍耐嗎？」阿輝說。

「好痛，可以不要嗎？」

阿輝拗不過我的請求，悻悻然放棄了侵入我身體的想法。

在載我回家的路上，阿輝一句話也沒說。那天我們都沒射，我想他應該很不開心吧。

阿輝將我放在離家約一百公尺的產業道路上，頭也不回地騎車走了。我望著他的背影，心中浮現一陣酸楚。我走在田埂路上，環顧四周，除了散落在田間的農舍之外，什麼也沒有。我的人生就跟這片平野一樣空蕩，一個人在其間獨自踽行，僅能用強顏歡笑與肆意玩樂來塡補心中那份空缺。年少的我，不知空虛的原由是什麼，無力抵抗心痛來襲。我邊走邊擦眼淚，忍著後庭遭侵入仍隱隱作痛的痛楚，此刻的我，好希望有個人能出現在道路彼端，給我一個擁抱，給我一個深深的吻……

※

十八歲那年，我終於得面對自己荒唐的人生。三年來從未認眞讀過一天書的我，統測成績毫不意外地爛到爆炸，再加上志願胡亂塡選，竟落得沒有半間學校可讀的窘境。收到成績單後不久，父母親終於忍不住長期以來的不滿，把我叫到客廳，臭罵了好幾個鐘頭。

父親叫我自己好好打算，看是要先去當兵，還是去工作賺錢。母親則是哭哭啼啼，一直說「你弟弟如何好」、「你弟弟如何乖」之類的話。

「那種會在床底下藏黃色書刊跟保險套的人，是會有多好？在學校亂搞男女關係的人，是會有多乖？」我在心裡這樣回嘴著。

但我的不服氣仍改變不了我與他天差地遠的成績，他考上了臺北第一流大學的國貿系，而我是百分之二十的落榜生其中之一。他在高三畢業典禮後搬回家中，我開始成天面對他高傲的面容與不屑一顧的眼神，比起以往，他連招呼都懶得跟我打了。也不知從何時開始，家裡的電視遙控器變成他在掌控，客廳成爲他君臨的地盤，無所事事的我只能躲進房裡玩電腦。我的逃避讓父母更不開心，成天就是斥罵與白眼，他在家裡吹冷氣當少爺，父親則一直叫我去找打工，不要不去當兵又想在家裡吃閒飯。

我陷入了內外交迫的情況。但我認爲尙未輸得徹底，要趕我出家門，要霸佔我身爲哥哥在家裡的地位，門都沒有！在那個「萬般皆下品，唯有讀書高」的年代，考上好學校是翻身的最快途徑。我鼓起勇氣告訴父親想要重考的事，卻惹來連篇的質疑：

「你對小學就無認眞讀過冊，重考是欲考到叨一間？」

「就算欲重考，恁爸也無錢互你去補習班！」

「恁小弟欲去臺北讀冊，愛註冊錢，愛厝稅錢，愛所費，厝內沒錢擱互汝用！」

「你抑是卡緊去尋工作，莫佇厝內穢撒（惹人煩厭），互人看到就討厭！」

母親本來也跟父親同一口徑，但在我的親情攻勢下，不禁也心軟，拜託父親讓我去重考。

「伊及伊小弟是雙生仔，頭殼應該袂差到叨位去，只愛伊認眞讀冊，應該會使考著好大學啦。」母親對父親說。

「哪有可能？伊至少已經要十年，那有可能佇一冬內底（一年之內）對零分變做一百分？」父親邊搖頭邊說。

「互伊試看覓啦！」

父親沉吟了許久，轉頭看著站在角落，已滿臉淚痕的我，問：「汝正經想欲重考？」

我點了點頭。

「錢是欲對叨來？」

「我擱有兩咖會仔，先互他提去補習班註冊，叫伊小弟先用貸款一下。」母親努力地替我想辦法。

「幹！」老爸啐了一句，說：「借錢互伊去重考，若擱考無是欲安怎？伊是欲割肉來還嗎？」

「袂啦，伊講伊會認眞讀啦。」母親替我緩頰。

我站在一旁，聽著父母親的對話，眼淚不斷地滑落。其實父親說得很有道理，我從小學高年級開始成績就慘不忍睹，短短一年怎麼可能補上十年來落後的課業？但母親卻溫柔地替我央求父親讓我有個嘗試的機會，還打算把家裡所能支配的金錢先讓我使用。此時我才知道以前對生活的蠻不在乎，對父母而言，壓力有多沉重。

聽了母親的話，父親緩緩地從菸盒裡拿出一根菸，母親用打火機替他點著。父親深吸一口，吐出一口，用了比平常還久的時間才抽完。接著又抽起另一根菸，母親再幫他點燃。父親再次深吸一口，仰起頭將菸圈吐到空氣之中，開口說道：「阿興，你也是阿爸的囝，阿爸希望汝會使眞正提出決心，毋通互我及恁媽媽失望。」此時的我，早已哭得不能自己，母親也陪在一旁落淚。

父親接著說：「阿爸阿母攏是賺艱苦錢的人，可是阮馬攏希望家己的囝仔未來有好出脫，毋通以後無路用。汝若有決心去重考，阿爸是足歡喜，可是汝一定愛答應阿爸，一定會認眞讀册。」

「嗯！」我用力地點了點頭。

6

八月底的南臺灣，高溫依舊，而我和他都要面對新的生命旅程。我們都得離家，只不過，他的離家對父母而言，是既欣喜又感傷的，而我呢？是一種百般不願，卻不得不下定決心的挑戰。

我離家只晚他北上不過幾天，父母親的憂慮大於期許。他們憂慮我出外補習，到底會不會認真讀書？會不會又像以前一樣縱樂貪玩，讓他們花的錢如同丟到水裡？連我都懷疑自己，短短一年的時間，怎麼可能補上之前那麼多年沒讀的書呢？

最初父母找的重考補習班是在臺南市區，但母親後來問到了她堂叔的兒子，目前正好在臺中當實習老師，教的是社會科。舅公說表舅在臺中租了一間公寓，離市區不算太遠，而表舅的室友最近搬走了，正煩惱找不到室友，舅公便向母親建議讓我到臺中補習，住在表舅的公寓，一來離市區近，去補習也方便；二來可以跟表舅一起住，比起我孤身一個去臺南，也好有個照應；第三則是表舅可以教我社會科，去補習班只要補英、數之類的主科就可以，能夠幫家裡省錢。父母親聽到能夠省錢，自然是立即答應。我當然不願意遠赴他鄉補習，但我現在哪有表達意見的餘地？

離家出發的那一天，我只帶了一個小行李箱，裡頭放了一些換洗用的衣物與生活必需品。父親將我載到火車站就掉頭走了，我一個人孤伶伶地走過剪票閘口，在月台上等了約莫二十分鐘的誤點火車，獨自一人上了車。月台上沒有一個認識的人揮手向我道別。火車緩緩起動，駛離月台，窗外的陽光依舊照射在稻田上，遠方則是我與他生長的小鎮。十多年來，這個小鎮沒什麼變化，但是我們卻已經長大了。逝去的青澀年歲，也已成了泛黃的記憶。

母親臨行前塞了兩千塊與一張紙條給我，紙條上抄著表舅的電話，叫我到了臺中火車站打給表舅，他會來接我。

※

這班復興號既誤點又龜速，所以有很多時間讓我沉思。當下我還是不認爲自己有什麼錯，會淪落至此，都是他害的。他逼我與他競爭，卻冷眼嘲笑失敗的我，害得我自暴自棄，最後變得要到外地去過重考的苦日子。

想著想著，我睡著了，直到「臺中站到了」的廣播響起，才從睡夢中醒來。

我跟著其他旅客一起下車，過了驗票閘門走出車站外，映入眼簾的是一片車水馬龍，汽車、公車、機車就在火車站前的大馬路上爭搶著道路。

我照著紙條上的電話撥給表舅，響了幾聲後，一個男生的聲音傳來。

「請問，是表舅舅嗎？」我說。

「舅舅？你找誰？」

「啊！不好意思。我…我是從臺南來的……」

「是阿興喔。哈哈哈，突然有人叫我舅舅好怪喔，一時聽不出來是你啊，以後叫我小泓就好了，不用叫什麼舅舅啦。」

「嗯……」

「你到臺中火車站了嗎？」

「到了。」

「那我去載你。」

「我穿藍色的T恤，拿一個黑色的小行李箱。」

「那我現在出門，你在門口那邊等我，我一下就到！」

我倚在車站門口的老舊柱子旁，想著來接我的人，會是個怎樣的人呢？

站前要道的紅綠燈，已經不知幾次從紅燈變綠燈，綠燈又變為紅燈。車站前的人們來來去去，有打扮入時的男學生，有媽媽帶著吵鬧的小孩，也有在臺南鄉間少見的外國面孔出現。

正在我等到出神時，有台摩托車騎到我面前，騎車的男生推開安全帽面罩對我說：

「你是阿興嗎？」

我有點被嚇到，只回答了一聲「嗯。」

「我是小泓啦！安全帽給你。」

他遞給我一頂黑色的安全帽，又說：「快點上車吧！警察會來趕。」

小泓示意我上車後，發動引擎，順著站前的道路離開了火車站。

小泓問：「你以前有來過臺中嗎？」

「沒有……」

「是喔？我覺得臺中是個挺不錯的城市呢！有機會再帶你去逛逛。」

「嗯…謝謝……」

「你不用太拘束啦，聽說我們以後要『同居』一年，不是嗎？」

小泓見我不答腔，笑著說：「我是開玩笑的啦，兩個人住一起當然是『同居』嘛！我對男生又沒興趣，哈哈哈！」

連「同居」這個詞彙都會讓我覺得緊張，我到底是單純，還是很土？

臺中市區路上車子不少，不時會遇到紅燈。在某個路口等紅燈時，小泓又對我說：「聽我爸說，你的功課要從頭開始，是嗎？」

「嗯……我以前都沒什麼在讀書。」

「呵呵呵，沒什麼關係啦，我以前國高中也沒什麼在讀書，憑著好運讓我考上了還算可以的私立大學。」

紅燈轉成綠燈，車子繼續向前騎，小泓問我道：「我記得以前好像有見過你，你還記得嗎？」

「我……沒印象了。」

「應該是我高中的時候，那時你才國小吧。」

我努力地搜尋記憶，但真的一點印象都沒有。

小泓又說：「好像是在我阿公的喪禮上看到你的。」

小泓的阿公，是我媽媽阿公的弟弟……那算是我的什麼人呢？一時之間，我被稱謂關係給搞混了。

「你還有一個雙胞胎兄弟吧？」小泓舅舅問。

「嗯。」

「我沒記錯吧？他是哥哥還弟弟？」

「弟弟。」

聽到小泓的話，一股厭惡感突然從心頭油然而生。爲什麼連一個遠房表舅都知道我有個雙胞胎弟弟？爲什麼我怎麼都擺脫不了他？就算不住在同一個屋簷下，他依舊像幽靈般糾纏著我。

「那他有考大學嗎？」小泓不知道我心中的不爽，繼續追問。

「嗯。」

我心想，小泓下一個問題肯定是——他考到哪裡？

「那他考到哪裡？」果然還是問了。

「政大國貿。」

「是喔……。」

我心裡又想，小泓下一句應該會是：「你們長得那麼像，怎麼成績那麼不像」之類的話。

「那他怎麼都沒教你讀書？」

我倒是沒猜到小泓這個問題。「因為……」我支吾了一下，思考著該怎麼搪塞，接著說：「他讀臺南市的學校，所以……我們比較少有時間在一起。」

「嗯……。」

我和小泓的對話暫且停住，此時摩托車在某條叉路左轉，進了一條巷子，四周的房子也從店面為主的熱鬧街道變成住家較多的住宅區形式。

「快到了，你肚子會餓嗎？」小泓問我。

「有一點點。」

「你應該沒吃晚餐吧？」

「嗯……。」

「我也還沒吃，我家裡有麵條，是要我煮麵給你吃還是想吃外面的館子？」

「煮麵還要麻煩你，我自己去外面買來吃就好了。」

「不用客氣啦，你媽媽有交代我好好照顧你。」

小泓見我沒答話，便說：「你沒意見，那我們就煮麵吃吧！」

最後小泓將車停妥在一個社區大樓的圍牆外，拿下安全帽。我總算能仔細端詳小泓的真面目。他稱不上是個帥哥，身高也不高，差不多一百六十五公分。長得白白淨淨，但顴骨附近有一些青春痘的疤痕，裝扮與時下年輕人差不多，略帶棕色的頭髮蓋住他的額頭，應該有稍微抓過。

我跟著小泓進了電梯，直上八樓。除了逛百貨公司外，這是我第一次來到這麼高的樓層。

小泓掏出鑰匙，將大門打開，玄關放了一些鞋子，他對我說：「鞋子脫在門邊，拖鞋可以隨意穿。」

我們走到客廳，畢竟是租的房子，擺設比較簡單。客廳裡有一組沙發與桌子，電視櫃上除了一台普通映像管電視與VCD放映機外，沒太多東西。

「我前室友才剛搬走，所以客廳裡比較陽春。」

小泓帶我走到後面，指著走道說：「有兩間房間給你選，就看你要住哪間囉。」

小泓租的公寓除了客廳外還有三間房間，小泓住在對著門口走道右手邊的單人套房，裡面有一組獨立的浴廁，在左邊則分為兩間房間，走道最底端還有另一間浴廁。

「你選一間吧。前面這間比較大，不過離客廳比較近，之前室友說偶爾會被電視聲吵到。後面比前面小間，就怕你會住不習慣……」

正當小泓向我介紹的同時，他的手機響了。

小泓點個頭向我示意，就閃進房間裡接電話。因為對環境還不是很熟，我也不敢隨意亂逛，就呆在他房門外，東張西望看著四周。

「唉唷，就跟你說我外甥要來，幹嘛還要來我家？」

這房子的隔音如同小泓所說，只要一拉高音量，門外的人就聽得清清楚楚。我豎起耳朵，偷聽著小泓與來電者的對話。

「只不過是一件衣服而已，你是不會先穿別件啊！」

「你真的很煩耶，你來我是要怎麼介紹你？」

「總不能又說是表弟吧？」

「我就跟他說過這裡只住我一個人，你常常來我是怎麼跟他家裡交待？」

「什麼？最好是我想甩掉你啦！一開始在那邊雞歪的是你吧！」

「幹！不想講了啦！」

對話應該結束了，我趕緊若無其事地張望。

房門打開，小泓一臉鐵青地走了出來，但隨即看到我在看他，連忙收起怒容擠出笑臉，對我說：「眞不好意思，臨時有電話，講得有點久。你一直站在這裡喔？」

「嗯。」

我心想，該不會是跟「馬子（女朋友）」吵架吧？不過若是馬子，怎麼又有表弟？如果不是馬子，這個神祕人物是誰咧？

小泓問：「你決定好要住哪間了嗎？」

「這間。」我指向走道後側的房間。

「好啊，是怕電視吵到嗎？」

「對啊。」

「那你先把行李拿進去吧。」

進了房門，我才好好端詳這房間。裡頭除了有張木桌子、一個衣櫥，還有一張床外，其實沒什麼東西。

「好像有點空啊！」小泓抓了抓頭，有些尷尬地笑著說。

我沒答腔。

小泓接著說：「我先去弄麵給你吃吧，吃飽再帶你去買一些生活用品。」

「好……謝謝舅舅。」我說。

「唉呀，別再叫我舅舅，叫我小泓就好。」

「但是，我媽說你是我的長輩耶。」

「這個嘛！我們年紀又差沒幾歲，你叫我舅舅眞的好怪唷。」

「嗯……」

「不然，叫我哥哥好了，哈哈。」

小泓話才說完就轉身離去，留我一個人呆坐在房間裡。

7

小泓張羅晚餐去了，我打開行李整理。二十分鐘後，小泓叫我出去吃麵。走到餐廳，木製餐桌上擺著兩碗家常麵，上面鋪著滿滿的配料。不是我在捧小泓，他煮的麵，還真好吃！後來我才知道小泓大學時期對烹飪很有興趣，於是加入學校的烹飪美食社鑽研很多料理的做法，幾年下來，這手藝簡直就能到外頭開店了。

吃飽飯後，小泓帶我到附近的大賣場買了一床棉被、床墊還有枕頭。臺中不愧是一座新興的大都會，大賣場裡什麼都賣，不像鄉下，一過十點，多數的商家就都打烊了。不過多采多姿的夜生活與我這個負笈北上的重考生八竿子打不著關係，現在的我，心裡只有「努力讀書」與「不能輸」這兩個詞。我已經打定主意，無論碰上什麼，非得咬牙苦撐下去不可。總之，我不想輸給他。

買完東西回到家，小泓對我說，明天會帶我到一中街看看有沒有適合我的補習班，然後他拿了一串家中鑰匙給我。

洗好澡後，我回到房裡，躺在床上，兩眼盯著天花板看。想家的情緒頓時湧現出來，陌生的氣味充塞在房裡，讓我雖身處在夏夜，仍不禁抓緊了棉被，尋求熟稔的安全感。

我轉了個身，面向牆壁，電風扇吹出的風打在牆上反彈回來，吹拂著我的頭髮。我想起了媽媽，想起了小時候……那時我和他各坐在翹翹板的兩端，吃著媽媽買的綿綿冰，那甜蜜蜜的滋味，小男孩天真無邪的笑靨，隨著翹翹板一上一下、一上一下……

突然，場景轉換到國小的校園裡，我離翹翹板越來越遠，母親的身影也越來越模糊。我慌張地四處尋找母親，跑到走廊上，打開每間教室的門，但教室裡卻空無一人。我跑到走廊的轉彎處，碰見一些玩尪仔標的小學生，我心急地想跟他們詢問母親的所在，但小學生們似乎聽不見我的聲音，也看不見我的人。我好著急，跑到操場中央，無助地四下張望，終於看到一個高大黝黑的男孩從遠方走了過來。我心裡一陣高興，以為救星來了，興沖沖地跑到那人身邊，仰頭一看，原來是沈慶瑜……。

沈慶瑜一看到我，二話不說就用雙手熊抱住我。我死命掙扎，卻怎麼也掙脫不開他那結實的雙臂。

「我欲幫汝敕膦鳥！」沈慶瑜大喊。

沈慶瑜臉上露出奇怪的笑容，直接將我的褲子脫了下來，捧著我的屌又吸又舔。

我心底百般地抗拒，卻又感到馬眼不斷滲出淫水，我的那根越來越硬、越來越硬，硬到流洩出液體……。

※

當我從詭異的夢境中醒來時，天色已全然大亮。正想再賴個床，一陣冰涼從褲底傳來。拉開內褲一瞧，哇！全被昨夜的夢遺所沾濕了。原來，昨夜夢中流出的，不是幻覺，是實實在在的男人精華。

我無暇咀嚼昨晚夢境的意義，因為從今天開始，我就要展開忙碌的重考生活了。小泓帶我去市區找補習班，問了一個下午，各類的資訊塞滿腦袋也就算了，我還得學會怎麼搭公車。一共要轉兩次車才能到家。

晚上，經由母親和小泓的討論後，我被安排以考社會組科系為目標。一周去補習班各上兩次英文、數學，然後小泓一周花兩天指導我國文跟其他科目，家裡一個月付給他六千塊。

第三天，我的重考生涯開始了。

重考生涯的起點是一場大災難，甭說簡單的文言文我看不懂，英文單字沒有音標我全都不會唸，數學更是只會加減乘除。小泓幫我上的第一堂國文課，就是在一字一字的講解中結束。總共花了兩個半小時，卻只講完歐陽修的半篇文章。

好不容易結束這堂課，小泓從冰箱拿了瓶紅茶給我喝，並對我說：

「阿興，你眞的要很認眞才有辦法趕上高三生的程度喔。」

「我知道……。」

「以後不管是我講的或補習班上的，回來一定都要複習，也一定要把它搞懂才可以休息。不懂的可以問我，或是補習班的老師。」

話語靜默了，我和小泓坐在沙發上喝著紅茶。我心想，像我這樣低能的學生，應該讓小泓教得又累又挫折吧。

「嗯……。」

小泓喝了半瓶紅茶後，就先到浴室洗澡，洗完沒說什麼就向我道了聲晚安，進房休息。轉眼時間已過了午夜十二點，我一個人呆坐在客廳，心裡有偷看電視的衝動，但我告訴自己，一定要習慣沒有娛樂的重考人生。我走到陽台，看著臺中都會的繁華夜景，鼻頭一酸，眼淚撲簌簌地不斷滴落。哭了一會兒，想家的情緒並未緩解，我回到客廳，偷偷用小泓的市內電話打回家。鈴響了半天才接通，那頭傳來的是母親從睡夢中被吵醒的沙啞嗓音。我才說出「我是阿興」四個字，就已泣不成聲。

母親溫柔地對我說：「哭一咧馬好，較袂鬱卒佇心內袂消透。汝著專心讀冊，足緊就會慣習新的環境囉。」

「有閒媽媽會佮爸爸去看汝。」

「汝愛知影家己照顧家己，要吃乎飽，毋通枵腹肚。擱來會慢慢變寒，愛記得加穿衫，毋通寒著。」

聽著母親的話，我更是一把鼻涕一把眼淚哭個不停。

哭了半天，心情總算好了一些，掛掉電話，回到房間。但還是沒什麼睡意，只得把功課拿出來讀了一次。這幾天因爲有颱風在臺灣附近徘徊，沉降氣流讓臺中盆地的高溫到夜間也無法散去，我坐在只有電風扇的房間裡，室溫燠熱，我不斷地冒汗。於是，我直接將衣服脫光，打算開了門閃進浴室沖涼。

我從門縫裡探頭張望，屋裡一片漆黑。於是用飛快的速度衝出門外，三兩步就跨進浴室，然後將門關上。

「Yes！成功！」

我竟對這小小的成功感到興奮，這應該算是苦中作樂吧。

打開水龍頭，讓冰涼的水沖著身體，將一切的倦怠與煩悶全帶到下水道去。沖好澡，我擦乾身體、圍起毛巾，開了門準備故計重施，溜回房間。

浴室門一打開，赫然見到一個巨大的人影站在門外，但我早已煞車不及，與那人撞了個滿懷！

這一撞可眞不得了，我重摔在地，眼冒金星，圍在我身上的毛巾，在衝撞下落到一旁。我癱坐在地，雙腳張開，抬頭一望，與那人四目相交。

天吶！我的私處被他看得一清二楚!!

我立刻轉過身體，趕緊撿起毛巾，死命遮住重點部位。

「啊呀！不好意思，我不知道裡面有人。」撞到我的男生扶著廁所門，弓著身體問：

「對不起！你有受傷嗎？」

我搖了搖頭，其實肩膀跟屁股都很痛。

男生伸出手想拉我起身，我遲疑了一會兒才伸出手。

「眞的對不起啦！」男生不斷向我鞠躬道歉。

「嗯……」我總算能從喉嚨發出一點聲音。

男生抓著頭說：「我是小泓的同學，來找他拿東西的。我眞的不知道廁所裡面有人，實在是很抱歉。」

我不知道該怎麼回答，只說了句：「我要回房間了。」就拿起毛巾包好身體，閃過男生的身軀，進房將門闔上。

「對不起，我不是故意的……」男生仍在我的房門外頻頻道歉。

「我沒事。不好意思，我想睡了。」我隔著房門對他說。

關掉電燈，躺上床，門外的男生應該走了，我沒再聽到他的聲音。

我思考著剛剛那場「意外」，頭一個想法是：「這個人是誰？」第二個疑點是：「小泓都已經當完兵了，怎麼會有『同學』？」

我回想著那個男生的樣子。還蠻帥的，身高應該超過一百八十公分，有著寬闊的肩膀，是個運動型的男生。他與我相撞時拚命道歉的臉浮現在我的腦海裡，一張臉帥帥的，帶點可愛，又有些尷尬和靦腆。

「小泓竟然有這種朋友，運氣還眞好啊。」

但我又想到跟男生相撞時的糗態，羞赧地將頭塞入枕頭，不願再想。哎呀！我竟然全身被這個不認識的帥哥給看光光，實在是太害羞了！

只是，那男生撞到我就算了，爲什麼要用奇怪的眼光打量我呢？我的身體有這麼引起他的興趣嗎？至於他說是來找小泓拿東西，這也很奇怪。小泓是個早睡的人，十二點左右就睡了，他半夜兩點多來拿什麼東西？

這個人到底是誰？

8

隔天一早，小泓叫醒了昏睡中的我。我揉了揉惺忪的雙眼，一看時間，竟已快十點了。雖然這天是禮拜六，補習班要下禮拜才開始上課，但小泓的臉色不太好看，畢竟一個重考生是沒有賴床的資格的。我也不敢對小泓提起昨晚的事，總之，以後罩子得放亮一點，小泓看起來不是個好應付的人物。

吃完早餐後，小泓說他今天沒事，可以教我剩下的國文跟一些社會科。我今天的表現讓小泓有些意外，可能昨晚有複習與預習，相對來說比較進入狀況。

「不錯嘛，還會自動自發看書。」小泓稍微誇獎了我，我也難得看到他滿意的表情。

接下來是社會科，當然又是一場災難。

好不容易告一個段落，已是午後一點半了。

小泓大大吐了口氣，對我說：「其實教你還算不錯啦，一切從頭開始，不會像一些白目學生，教這個說他聽過了，教那個又說無聊。」

「嗯……。」

「都過吃飯時間這麼久了，你應該很餓。我去弄午餐，我們今天來吃鍋燒意麵吧。」

「謝謝，小泓舅舅。」

「喂！叫你不要叫我舅舅，是沒聽到嗎？」

「好啦，以後不會叫你舅舅了，小泓舅舅。」

「哇咧。」小泓作勢要拿書K我，我拔腿就往沙發的邊角縮。

「不理你了，死小鬼！」小泓沒好氣地進廚房去了。

※

日子過得很快，來到臺中已經過了兩個禮拜，小泓學校也開學了，一早就出門直到傍晚才回來，我則是自己搭車去補習，沒課的時候，就在家或是找附近的圖書館、速食店看書。我還是沒什麼朋友，只在補習班認識了幾個同學，也許是成長環境不同，一時言語也不是太投機，沒什麼太深的交情。

臺中比起鄉下實在是方便太多了，一中街附近吃喝玩樂什麼都有，當然帥哥也不缺囉。我無意間發現那裡有個便利商店的店員長得有夠帥，之後沒事就會去店裡假裝買東西，然後在暗地裡偷偷看他。我這個人什麼不會，這些偷來暗去的事最會了！

當然我也沒忘記要讀書。我進入狀況的速度大大出乎小泓意料之外，這幾天他一直不吝惜地稱讚我不但程度沒想像中的差，還會自己預習加快進度，真是「孺子可教」。

他的話讓我心裡暗自爽了起來，我催眠自己——其實我的腦筋也沒多差，只是以前不想讀這些書罷啦！要是我認眞起來，搞不好明年考出來的分數會比他還高。

九月中旬的天氣還是很熱，我待不住家裡，就到附近的速食店讀書。雖然速食店的餐點有些貴，就當偶爾放縱一下吧！反正還有母親給我那兩千塊可以用。午後，東邊山麓冒出來的對流雲越長越大，如鍋蓋一般蓋在臺中盆地上空。下午四點半，天色突然晦暗如冥，一聲暴雷，大雨狂洩而下。我身上不僅沒帶雨具，更慘的是口袋裡只剩搭公車的零錢，但公車站牌卻遠在路程五分鐘以外的路口。我沒有太多時間躲雨，因爲補習班的英文課將在六點開始。這間補習班的行政導師剛好是小泓的同學，小泓有交代，若是我遲到或是蹺課，一定要打電話告訴他。

我不想挨罵，但狂暴的雷雨卻無停歇的跡象。我一個人孤零零站在速食店的騎樓下，看著路上的人車。大量的雨水使得排水系統難以負荷，路邊積滿了深達脚踝的雨水。此時，一台貨車急駛而過，車輪掀起一道大浪，直往騎樓撲來。我見到大浪來襲，第一時間便往後閃，不閃則已，一閃竟撞上了背後開速食店門而出的人。啪的一聲，那人手上的飲料被我撞落在地，深棕色的可樂從杯蓋的破損處汩汩流出，與雨水混雜在一起。

這下眞是糗了，我連忙轉過身，不敢直視對方，只低著頭拚命向被我撞的人道歉。

沒想到對方不但沒有生氣，反而說：「唷！是你喔，你不是小泓的……外甥嗎？我沒叫錯吧？」

我一聽，心想：「奇怪，他怎麼知道我是小泓的外甥？」

我狐疑地抬起頭來，定睛一看，差點沒嚇到腿軟。竟然是那天在廁所門口被我撞個滿懷的小泓「同學」！

我瞬間覺得滿臉發燙，羞怯地將目光移開，對他說：「對不起，把你的飲料撞倒了，我去買一杯賠你……」

我一個箭步想走入速食店，其實我身上根本沒錢，只是想逃離尷尬的現場。

「等等，」他一把抓住我的手，說：「不用賠啦，那是我剛剛吃套餐沒喝完的飲料，你單買新的會很貴。」

我「喔」了一聲，仍不敢抬頭，只是扭捏地看著他的衣角。

我好害羞，心臟跳得好快好快。

「你怎麼會在這裡？」那男生問我。

我回答：「我……我來這邊看書的。」

「那麼用功啊，哈哈哈。」

「……」

男生望著從天落下的滂沱大雨，說：「雨好大喔，你怎麼不進去坐，要站在外面？」

「我晚一點要補習。」

「雨那麼大你怎麼去？」

「坐公車……。」

「嗯，不過這附近沒有公車站牌啊。」

「嗯……。」

「你有雨傘嗎？」

「沒……。」

「呃，沒雨傘怎麼走去站牌？不去買一把嗎？」

「……」

「不買，該不會身上沒錢吧？」

「……」

我不算是個木訥的人，但與他說話，竟然吐不出一整句話來。

「不然……」男生沉吟了一下，說道：「這種雨應該都下不久，我也不想現在冒雨回去，你是幾點要補習？」

「六點。」

那男生看了一下手上的錶，說：「現在還不到五點，我們進去坐一下，等雨小一些，我五點半直接送你去補習吧，反正我回家也順路。」

「這樣…不好吧……」

「不會啦，你又不是不認識我。」

認識？哪裡認識了？我除了那天與他相撞外，從沒聽小泓提起有他這號「同學」。

「走吧，進去裡面我買杯飲料請你喝。」

「……不好吧，我剛剛……才撞翻你的飲料耶。」

「沒關係啦！」他突然拉住我的手，要往店裡走。

我心裡本來並不願意跟著他走，但他手上似乎有種魔力，牽引著我的身體。

他買好了飲料，選了個一樓靠窗的位置坐下。

「坐吧。」

他抬起頭看著還站在一旁的我——這是我難得可以俯視他的機會。

他也仰頭看著我，我們就這樣四目相接。

他的雙眼皮眼睛深邃明澈，高挺的鼻樑帶有混血兒的樣子，厚薄適中的粉色潤唇，微笑時不時會出現可愛的酒窩，最後是健康陽光的棕色皮膚。我只能說，小泓的同學很帥！眞的很帥！

「坐嘛，怎麼一直站在那裡。」

我趕緊坐到椅子上。

「哈哈，你好像很害羞嘛。」

我沒說話。

「雨好像小了一些了，我們再坐一下吧。」

我仍然不說話。

「唉呀，幹嘛都不講話？不要那麼『閉思』啦！」他伸出手來輕拍我的肩膀。

我突然被他拍醒了。對自己說：「薛宗興，難得有帥哥肯跟你說話，他又不會吃人，你到底是在怕什麼？」

我側過臉看著他，努力地擠出生硬的笑容，那應該是一種看起來低能的傻笑。

「對了，我都不知道你叫什麼名字？」男孩問我。

「我叫阿興，那你呢？」我總算敢回他話了。

「我叫 Teddy。」

「Ted…dy？」對英文一竅不通的我，勉強地複誦了一次他的名字。

「就是 Teddy Bear 的 Teddy。」

「……」

「Teddy Bear」？「泰迪貝爾」？這是啥？我完全摸不著頭緒。

男孩大笑起來：「你也太可愛了吧！Teddy Bear 就是泰迪熊。」

他把頭靠近我，那雙眼眸放著會懾人魂魄的電光。

「喔…我英文不好……。」我將上身往後挪，遠離他前傾的身體。

「呵，雖然我不是讀外文系的，不過我的英文還不錯，以後可以教你，呵呵。」

「嗯……」

Teddy的笑容與熱情，漸漸讓我不再那麼害怕，我們的對話也越聊越開。Teddy說他跟小泓是大學同學，現在在臺中某大學讀企管碩士，住學校附近的單人套房。

我們聊起小泓，Teddy似乎很了解他，說小泓是很龜毛的處女座，做事一板一眼，家裡總是整理得乾乾淨淨，不像他的房間裡總是亂七八糟的。我聽了點頭如搗蒜，愛乾淨的小泓每天都要整理家裡，煮完飯也都要把廚房上下擦過一次才肯罷休。不過Teddy認爲小泓個性雖然龜毛，但教起書來很嚴格，是個好老師，我的成績在小泓的教導下一定會進步。

接著Teddy又說了一些在臺中生活應該注意的事。他說他也是南部小孩，剛上臺中時也不是很習慣，不過臺中是個好地方，我再過一陣子就可以適應中部的生活步調了。

Teddy的個性比起小泓來得開朗且隨性，很會找話聊。小泓則是一直圍繞在讀書與考試上，聽久了很容易閃神。

「唉呀，快五點半了，雨怎麼還在下。」Teddy望著外頭，猛抓頭髮說。

「對啊，這是我第一次上英文課，不能遲到呢。」

「是喔，老天還眞是不給我面子。」Teddy燦然一笑，說：「好吧！只好拚了，你在門口等我一下。」

Teddy跑到隔壁的便利商店買了一件輕便雨衣要我穿上，他則是到不遠處發動他的摩托車。那是台新穎的黑色機車。

「帥車配俊男。」我心裡的花癡蟲又在蠢動了。

「上車吧。」

「嗯。」

雨雖然已沒有剛才那麼大，但這陣驟雨還是讓市區的下班交通大打結，許多車輛都卡在路上動彈不得。Teddy 載著我，急急在車陣中鑽來鑽去，一心奔赴目的地。

五點五十五分，Teddy 不負約定將我準時送達，就連雨也很識相地停了。在下車的那一刻，我心中突然冒出一股淡淡的哀愁，心想此次與 Teddy 分離，什麼時候才會再遇到他呢？總不會那麼好運，老是撞到他吧！

我脫下雨衣遞給 Teddy，向他說了聲謝謝。說完「再見」，我就頭也不回地往補習班的方向走去。

其實，我眞的好想再跟 Teddy 多聊點天。

我無奈地走向補習班門口，突然有台摩托車從後方超越我，往右一偏直接打橫擋住我的去路。我嚇了一跳，回過神一看，是 Teddy。

我看著他，問：「怎麼了？」

「我忘了留給你我的電話。」

Teddy 遞給我一張紙條，上面的字跡很潦草，是剛剛才寫的，還有暈開的水漬。

「嗯……」

「你有手機吧？」

「有……」

「那以後有什麼事可以打給我，如果我有空可以幫你。」

「好⋯。」

「嗯……」

「那撥一下給我，讓我知道你的號碼可以嗎？」

我拿出手機，用微微顫抖的手指按了Teddy的號碼，響了三聲後掛掉。

「OK，我收到啦。」

「嗯……」

「那bye啦，快去上課吧。」Teddy再次露出可愛迷人的笑容。

「掰掰。」

我悶著頭快步向前走，直到補習班門口，才敢偷偷地回頭望去。沒想到Teddy在那裡還沒走，他看到我，高興地舉起手揮了揮，我只得也向他揮手。帶著五味雜陳的思緒，硬是轉身進了大樓裡。

我的三魂七魄好像散去了，只剩空殼一般的軀體走進教室，然後找位置坐下。我無視身旁初次相遇的同學，只是機械式地拿出筆記本，抄著台上老師所講的一字一句。三個小時下來，我抄了滿紙的英文字，但老師講了什麼，卻一個字也記不得。我只是不斷回想著Teddy的臉龐、舉止與他的話語，回想著那天我與他相撞的尷尬場景，還有因著一場午後大雷雨而來的巧遇。

下課鐘響，我走出補習班，仍在恍神。我幻想著Teddy有可能坐在他的機車上，在門口等我下課。但這怎麼可能呢？眼前的事實告訴我，這一切都是我的一廂情願，人家只是把你當小弟弟看。不但年紀是小弟弟，連底下那話兒也是根軟綿綿的小弟弟。

搭上了公車，我盯著窗外的街景，一片燈火輝煌。我只是一個鄉下來的十八歲男孩，獨自踽行在這個偌大的城市裡，沒人認識，沒人理睬。只有回到家，小泓留下晚餐在電鍋裡，加上一句「趁熱吃吧」，已足夠讓我窩心了。

這是城市的冷漠，是離鄉遊子的宿命，也是重考生的悲哀。

一個禮拜又過去了，我的手機除了父母打來的電話與詐騙集團的簡訊外，從沒響過。我悄悄地把Teddy的號碼輸進電話簿，在伏案讀書時，總是會不自覺地瞥一下，會不會突然亮起來電顯示，上頭就寫著五個英文字母：「Teddy」呢？可是，Teddy怎麼可能真的打來呢？

小泓並不知道我跟Teddy認識，他還是每天一早去學校，下班後買完菜六點多回到家裡，然後開火煮飯。除了每天穿的衣服與晚餐的菜色不同外，他的生活除了平凡，還是平凡。我的生活也沒比小泓精采到哪裡去，早上八點起床吃早餐，要不是留在家裡讀書，就是到圖書館、速食店去泡上一整天，中午就吃外食裹腹。傍晚去補習，或是回家等著小泓替我上課。唯一可說的是我偷偷拿零用錢買了一件襯衫，希望穿上新襯衫能擺脫我一身的土氣。我也不再去便利商店偷看帥哥店員了，因爲我覺得他比起大帥哥Teddy，實在差得太遠了！

轉眼到了禮拜四，中午太陽大到我只好繼續待在速食店裡，點了一個連吃好幾天的最便宜套餐，正將薯條塞入嘴裡的時候，手機響了。我心裡嘀咕著：「怎麼會有人中午打電話給我？該不會又是詐騙集團吧。」

沒想到來電者竟然顯示——Teddy。

我剎時楞住了，不知道該不該將電話接起來。恍神了一會兒，連忙拿起手機，按下接聽鍵。

「喂。」

「喂……」

「你好啊，請問是阿興嗎？」

「嗯……」

「你在哪啊？」

「速食店。」

「上次那間嗎？」

「嗯……」

「你下午有事嗎？」

「應該沒有……」

「我下午也沒事，我去找你好了。」

「啊！」在我還沒來得及反應之前，電話就掛斷了。

哎呀！他怎麼這樣就掛掉電話？再見到他我會尷尬死啦！但我又不敢回撥給他。乾脆溜到別的地方好了。但轉念一想，到時他沒見到人，生氣了怎麼辦？我的內心好矛盾。其實很期待再次遇見Teddy，但又害怕見了面不知該如何應對。我好緊張，緊張到手心頻頻發汗。我將掌心的汗水抹在衣服上，搖搖晃晃地站起身來，移到一個面對樓梯的位置坐下。這個座位可以「監視」上下樓的人，這樣Teddy就不會突然出現讓我措手不及。趁著他還沒來，我急忙到廁所洗了把臉，順便整理一下過長的頭髮。只是再怎麼整理，我還是一個平凡的醜小孩。

回到座位後不久，Teddy就端著他的餐走了上來。我假裝沒看到，自顧自地看著數學講義。直到他走到我面前，才假意地抬起頭看他。Teddy剪了頭髮，穿了一件普通的白T恤搭上合身的牛仔褲，雖然隨性卻不失有型，總之就是個帥哥。

「認眞讀書喔，都沒看到我上來啊？」

「嗯……」

「介意我坐這嗎？」

「不會……」我回應的音量越來越小。

Teddy 一屁股坐了下來，探過頭來看了一下我桌上的講義。

「是數學啊，我可以教你喔。」

「……」

「怎麼，不講話喔，不歡迎我嗎？」

「不會……」

「上次不是聊過天嗎？怎麼還那麼閉思？」

我半句話都吐不出來，卻在心裡大喊著：「我會不好意思啦!!」

「你吃飽了嗎？」Teddy 問。

「吃飽了……」

「那你不介意我在你面前吃午餐吧？」

Teddy 說著說著，竟然又把頭湊到我面前，我一緊張，頭低得更下去了。

「幹嘛啦，我又不是鬼，幹嘛一直躲我？」

「……」

「是小泓叫你不要跟別人說話嗎？」

「不是……」

「那是什麼？」

我不知哪來的勇氣，猛一抬頭看著他說：「就不知道要說什麼啦！」

Teddy被我突如其來的舉動給嚇了一跳，連忙說：「好啦好啦，你不要生氣咩。」

「……」

「我只是下午沒課也沒事，想說看你有沒有在速食店，找你一起讀書。」

找我一起讀書？研究生跟重考生是要一起讀什麼書？

「小泓知道我們兩個認識嗎？」Teddy咬了口漢堡，問道。

「應該……不知道吧。」

「先別讓他知道好了，依他的個性，知道的話大概又會唸你一頓吧。」

「嗯……」

「他一定會說我沒事認識你幹嘛？說我會帶壞你。」

「……」

「他也不想想他只是大學畢業而已，我已經讀到研究所了，要是我只會做壞事，怎麼可能讀到研究所？」

Teddy好像很餓，喝了一口飲料後又咬了口漢堡，接著說：「而且我們也不是刻意認識嘛！我們是碰巧『撞見』的。」

Teddy的話中有話，讓我不禁想起了第一次在浴室門口發生的「慘劇」，一下子耳根又發熱起來……。

Teddy 湊近我，小聲地說：「你怎麼又臉紅啦？」我低頭不答腔。「該不會是想到那天的事吧？不用害羞啦，我對男生又沒興趣，被我看到一下沒什麼關係吧。」

我對男生沒興趣。

這句話在我耳中迴盪著。

我有點難過，不過轉念一想：「對啊，他對男生又沒興趣。我幹嘛自做多情地怕他、躲他，害羞成這樣幹嘛？他只不過是個普通男人罷了，你以爲他眞的對你有興趣喔？薛宗興，你好白癡！」

「喂喂，你怎麼又不講話了。」Teddy 的話將我拉回現實。

從恍神中醒來後，我總算又恢復了社交能力，可以雙眼直視 Teddy，也可以跟他聊天。整個下午，我與 Teddy 有時說話，有時各自看書。我有些地方不會，Teddy 總是很熱心地教我。他的教學品質也不比中學老師小泓差到哪裡去。Teddy 對我說，其實他的朋友也不多，同學們各有各的事，互動不多，以前他跟小泓感情還不錯，不過最近小泓忙著上班又得教我功課，再加上小泓個性不討喜，所以他最近總是一個人獨來獨往，覺得很孤單。Teddy 解釋說，他覺得我的心思比較單純，比起「大人們」來得吸引他，所以才想多與我認識一些。

我也與 Teddy 聊起我重考的心情，Teddy 則勸我別那麼在意**他**的存在，重考的目的不在於跟別人爭面子，而是爲了自己。自己總是得擺在首位，爲了別人而活著，那是很痛苦的事。只是 Teddy 的話我無法完全同意，因爲若不是**他**的存在，我也沒有今天苦撐的毅力，無論如何，他就是我的目標，不追上他，我不甘心。

一提到雙胞胎弟弟時，Teddy 說了句耐人尋味的話：

「雙胞胎弟弟啊，是不是長得跟你一樣可愛呢？」

我一點都不可愛，我只是鄉下來的蠢小孩，蜷曲在城市的角落裡埋頭苦讀拚重考，沒有人會注意到我的存在——除了眼前這個叫 Teddy 的男生以外。至於**他**可不可愛我不知道，我只覺得**他**的個性很令人討厭，冷漠又高傲，長得再好看也沒用。

下午的時間過得很快，轉眼到了五點。Teddy 再度說要載我去補習班，我不再推辭他的好意，反正是他自願的嘛！

補完習，我搭公車回家，路上回想起今天的事，我在心裡笑了起來。嘲笑自己的花癡，竟自作多情以爲人家看到你的小老二就會愛上你，但也慶幸自己醒得早，沒再浪費時間花癡下去。不再花癡，我反而覺得內心被釋放了，Teddy 從單相思的對象，變成一個平凡的、會照顧我的大哥哥。

公車到站，我在夜色裡獨自前行。走到巷口，抬起頭望著閃爍的路燈，心裡想著如果有個人在下個轉角等著我，給我一個深深的擁抱，不知道有多好。而那個人是誰呢？我想得到的，只有 Teddy。

9

時光流逝，季節更替，才十一月，就迎來了我北上後的第一個冬季。中部的天氣比起南部冷了不少，我因此病倒，在家裡躺了幾天。我的重考生涯邁入第三個月，從原本啥都不懂的鄉下男孩，到現在進入狀況。我的心中只有**他**，只有不想輸、想追上**他**的渴望。我將全部的心神都放在功課上，程度漸漸能趕上普通的高三生了，就連嚴格的小泓都覺得我現在的程度可以考上普通的私立大學。

聽了這話，我在心裡暗喜：「你花了六年認眞讀書也不過是考到政大，我才不到三個月就可以考到大學，要是我花一年的時間，說不定就台大啦！你的腦筋也不見得比我好！」

Teddy偶爾會來找我一起看書，順便教我功課。我和他很有話聊，總是無邊無際地聊著，說最多的就是小泓的壞話。但我納悶的是Teddy簡直就像小泓肚裡的蛔蟲，對小泓所有的事都瞭若指掌，但自從跟Teddy在浴室相撞後，就再也沒看過他來我家，他怎麼會知道小泓的所有事呢？我也懶得多想，只知道有個帥帥的大哥哥會照顧我，會帶我上下課、到郊外去吹風，我樂得享受這種偶爾偷閒的生活。

有天晚上，我看到小泓愁眉苦臉地回家來。我問他發生什麼事？他說明天要被國防部點召了，得要到臺南的營區報到。一整個晚上小泓的臉色都不好看，害我在上課的時候都繃緊神經，怕挑起他的情緒。還好點召只有一天而已，不然小泓的火氣會更大吧。

上完課，小泓回到房裡收了行李，說要搭夜車回南部，可能會禮拜天才回來，叫我一個人看家，丟下一千塊要我自己打理伙食，人就走了。

小泓一踏出家門，我大大地鬆了一口氣，心想：「嘿！整間公寓都是我的天下啦！」

我坐上沙發，將兩條腿擺到桌上，打開電視。小泓在的時候，別說把腳放到桌上，就連天氣冷把腳縮在沙發上也不行。

今天我不打算念書了，打定主意非把幾十天沒看的電視一次補足不可。

不一會兒，門鈴竟然響了。

我心想：「靠，該不會是小泓折回來吧！」趕緊跳下沙發，關了電視，跑到門邊，從門眼往外一看。

站在外面的不是小泓，而是Teddy！

「他怎麼會在這裡!?」

我將門打開一個縫隙，從裡面小聲地問Teddy：「有什麼事？」

「有要緊事啦！先讓我進去再說。」Teddy的語氣聽起來很緊急。

「？」

「怎麼，不讓我進去啊？」

「不是……」

「那開門呀，外面很冷。」

「喔……」

我沒什麼理由把 Teddy 擋在門外，只得開了門讓他進來。

「呼，外面好冷。」Teddy 一進門就說。

「對啊……」我說。

「小泓回南部了吧。」

「你怎麼知道？」

Teddy 一臉「我怎麼不知道」的表情，說：「我是他的好朋友啊！」

這也太誇張了吧，我跟小泓住在一起，也到剛剛才知道小泓要回南部，Teddy 竟然「早就知道了」，也未免太神通廣大了吧！

「嘿，你要不要去我家玩？」

「你家？」

「我臺南的家啊。」

「你在開玩笑吧。」我差點沒順便罵他神經病。

「我哪裡開玩笑？」Teddy伸出涼冰冰的手，做了個戲謔的表情，捏了一下我的臉。

「哎唷，你手冰死了！」我撥開他。

Teddy最近很喜歡捏我的臉，他說我的臉白白嫩嫩的，會讓人想捏一下，看看會不會捏破。

「我要讀書，還要補習耶。」

「你不是禮拜六晚上才要補英文嗎？」

「但是其他時間要讀書啊。」

「天天都在讀，也要有幾天放假休息一下嘛。」

「……」

「走啦，去鄉下走走，算是陪我啦。我剛領到所上的獎學金，車錢飯錢我幫你出。」

「這樣…不好吧……」

「唷，這種說法表示你想跟我去。」

「並沒有好嗎？」

「明明就有。」

「小泓會打電話回來查勤……」

「你騙我三歲小孩啊，小泓是十足的『摳男』，他才不會花自己的錢打自己家的電話。」Teddy接著說：「要是他打你手機，你就說在外面讀書不就得了。安心啦，他不會打啦！你平常讀書認眞成這樣，他也不會想到你會跑出去。」

「……」

「快啦，都九點多了，快去收一收行李，走吧。」

「那麼晚要去哪裡？」

「搭夜車回臺南啊，我在善化火車站有摩托車，可以騎回去。」Teddy邊說邊拿出兩張火車票在我面前晃著。

這也太誇張了吧！Teddy竟然算準我一定會跟他去他家，連票都買好了。

「但是禮拜六要補習啊。」

「我負責你禮拜六一定回得來趕上補習，如果沒辦法我隨便你。」Teddy自信滿滿地說。「你想想，我每次載你去補習，什麼時候讓你遲到過？」

「不行啦！」

是沒有啦！但是從臺中市裡的A地到B地，跟從臺南到臺中，是兩碼子事啊！

「厚唷，我票都買了，難道你要浪費這兩張票嗎？」Teddy把車票甩到桌上，拚命想說服我。

「……」

「怎麼？」

「……」我依然沉默。

Teddy不耐煩地又問了一次：「要去嗎？」

「好啦！」

「哈，你最好了！」Teddy邊說邊作勢要來摟住我，我急忙閃到一邊，然後轉頭跑進房間，關起房門。

「反正，如果出問題，你要負全部的責任！」我對門外喊道。

Teddy也拉高音量回答：「好啦，如果你被小泓趕出去，可以去住我家。」

「你少在那裡亂講!!」

我邊收著行囊邊想：其實我的心中已經拋棄了那堆「可是」，反正又不是第一次背著人做「壞事」。在臺中這三個月，成天讀書、補習的日子簡直把我給悶壞了，不知道從哪兒冒出來的Teddy卻替我開了一扇門，我順勢就鑽了出去。至於功課，就先放一旁吧，會不會被小泓發現呢？就算發現了，他又能奈我何？大不了把我趕回臺南罷了。

※

夜間的火車乘客不多。我坐在靠窗的位置，漆黑的戶外除了燈光外，沒什麼景色好看的。Teddy似乎有點累了，整個人深陷在座位上，眼神也變得呆滯。

「你累了喔？」我小聲地問Teddy。

「嗯……」

「你今天都在忙什麼？」

「早上上課，下午幫教授查資料，晚上跟朋友去吃飯。」

「還眞充實。」

「充實歸充實，其實還蠻悶的。」

「不然，你休息一下，我到站再叫你吧。」

「好啊，是到善化喔，不要坐過站了。」

「不會啦，我來臺中就是自己坐火車的。」

「嗯，那我先瞇一下。」

Teddy閉上眼睛，不一會兒呼吸便沉重起來，看來是進入夢鄉了。我不好意思再打擾他，就拿出歷史講義來看。

火車上的乘客好像都睡著了，除了火車駛動的聲音外，幾乎沒有其他聲響。我靜靜地讀著書，覺得輕鬆和愜意。

火車過了斗六，Teddy睡得深沉。我放下書本，望著一片夜色的窗外，想家的情緒忽然又湧現心頭。這次是要與Teddy回他左鎭的故鄉，我們下車的善化離我家不遠，但卻不能回家。這讓我想起前陣子剛學過的「大禹三過家門而不入」的故事，雖然跟古人的程度不能相比，不過大禹當時的心境，說不定與我還有點類似呢。

火車漸漸慢了下來，發出「咚咚、咚咚」的聲響，應該是要進站了。

「嘉義站到了，請準備下車。」

幾個人下了車，也有幾個人上了車。

我不是個熱情的人，甚至可以稱得上冷漠。自**他**離家以後，我不曾向父母探詢過**他**的狀況，而父母親也沒怎麼提起**他**。我想，**他**應該也沒問過我的狀況吧。既然**他**不在乎我，我又何必在乎**他**呢？**他**的生活一定比我愜意，也比我充實，說不定現在的**他**正跟新交的女朋友打得火熱呢。

我在心中深深嫉妒著**他**。

「欸，起來了，都過隆田了。」我搖了搖睡一整路的 Teddy。

「啊……是喔，過隆田了……」Teddy 坐起身來，揉了揉眼睛。

「睡得很飽吧。」

「還不錯，坐火車很好睡。你沒睡喔？」

「沒啊，不想睡。」

「你該不會整路都在看書吧。」

「還好啦，看看書，發個呆。」

「需要那麼認真嗎？我考研究所都沒你那麼認真。」

Teddy 冷不防地又伸出手來捏了我的臉……

「哎唷！很冰啦，你是剛從北極回來喔。」

「對啦，我剛剛做夢夢到去北極玩，可以吧？」語畢，Teddy 對我扮了個鬼臉。

「有夠冷的……你這話我很難接耶。」

車上廣播傳來：「各位旅客，善化站快到了，請準備下車。」

下車時已是晚間十一點半了，車站前人車稀少，除了便利商店外，其他店鋪都打烊了。深夜的北風吹得更猛，溫度又低了一些，我不自覺地縮緊了身體。

Teddy 領著我到停車場牽他的車，那是一台野狼機車，看起來有些年代了，不過 Teddy 平常應該有在保養，外殼閃亮亮的。

「你的車蠻酷的呢。」我對 Teddy 說。

「還好啦。」Teddy 拿出抹布擦著座墊，一邊回答。

「臺中一台，臺南一台，你有兩台車耶。」

「這不算我的啦，是我老爸的車。」Teddy 說完，將抹布塞進車前的小皮袋裡。

「嗯……那你老爸不用騎嗎？」

「對啊，他過世了。」

「過世了……」

「對啊，我父母都不在了。」

Teddy 的回答輕描淡寫，反讓我有些不知所措。

Teddy看我站在原處，說：「幹嘛站在那裡，上車吧。」

我回過神來，上了車。Teddy發動機車，引擎發出沉重卻有力的聲音。夜裡車不多，Teddy直轉油門，車速也越來越快。呼嘯的寒風吹得穿著略微單薄的我直打哆嗦。

前方的Teddy說：「怎麼變那麼冷？」

「嗯……」

「還好我穿這件外套很厚，風灌不進來。你會不會冷啊？」

「還好…」我鼓起勇氣接著說：「剛剛……」

「剛剛什麼？」

「就……剛剛問你那個問題，很失禮，對不起。」

「哈哈，不會啦，我父母都過世十多年了。」

聽到Teddy豁達的回答，我又一時語塞了。

「你一定是想問我說：『他們爲什麼都去世了』吧？」Teddy不等我回話，就說：「在我小學五年級那年，他們發生嚴重的車禍都走了。他們剛走的頭幾年，我常常會抱著棉被哭，哭到睡著，醒來又哭。還好我姑姑很疼我，常常安慰我說父母都去極樂世界了，他們在天上看顧著我、保佑我。父母出事之後，我姑姑就賺錢供我吃穿讀書，再加上他們有留一間房子跟一些遺產，所以我過得算還可以。我姑姑平常開雜貨店，每隔兩三天會去阿立祖那邊當尪姨辦事。」

「阿立祖？」我問道。

「哈哈，你一定不知道阿立祖是什麼吧！」Teddy 接著說：「我本來以爲阿立祖只是普通的神明，上了高中以後才知道阿立祖大概等同於漢人的玉皇大帝或是西洋人的上帝。我的祖先其實是平埔族西拉雅族人，他們是拜阿立祖的，不過後來漢化了，很多人都忘了自己是西拉雅人。」

「西拉雅平埔族？」

「歷史還沒教到啊，總該知道原住民吧？」

「嗯，知道。」

「其實在幾百年前的臺灣，除了一般原住民以外，在平原地帶還有其他族群，他們被統稱爲平埔族，我們西拉雅族是其中之一。大概在四百年前，中國的漢人開始大量地移往臺灣，平埔族沒辦法抵抗漢人的優勢人數、農耕技術、軍事武力、政府組織等等，爲了生存，不得不被漢人同化。直到現在除了拜阿立祖或是尪姨之類的習俗外，其實跟普通漢人也沒什麼兩樣啦。」

Teddy 族群的歷史，聽得我一頭霧水。長久以來生活在臺南農村的我，壓根沒意識到在臺灣這個島上，還有西拉雅這樣的族群。

Teddy 的故鄉左鎮位於臺南東側的丘陵地帶，隨著車子進入山區，兩旁的房舍也越來越少。路面平坦又沒什麼紅綠燈的情況下，Teddy 騎車速度更快了。只穿兩件衣服的我，禁不住寒風的吹襲，身體不斷打著哆嗦。

Teddy從後照鏡看到我在發抖，開口問：「你很冷嗎？」

「還好……」明明是冷得半死，我還是死鴨子嘴硬。

「哎呀，會冷就說嘛，不要那麼見外。」Teddy說：「我的外套還蠻厚的，你可以坐靠近我一點，這樣風比較不會灌進來，然後把手放到我的口袋裡，手也比較不會冷。」

我心想，如果貼近Teddy的身體，又把手伸進他的口袋，這樣不就是兩個大男人抱在一起嗎？

正當我還在躊躇時，Teddy握著把手的左手突然向後一伸，拉起我的手，往他的外套口袋放！

「你手冰成這樣還說不冷咧，我可不想要你感冒！」

就說Teddy眞是個有魔力的男人，我手被他這麼一牽，乖乖地就放進他口袋裡了。

「比較不冷了吧。」

「嗯……」

「我這件外套可是很保暖的，當初去美國玩就是穿這件。」

「你去過美國啊？」

「當然囉，我還去過兩次。一次去東岸，一次去西岸。我現在在努力存錢，想帶我姑姑去亞特蘭大或紐奧良，聽說紐奧良可是爵士樂之都呢。除了美國，我還想去歐洲，去體驗一下巴黎的浪漫，普羅旺斯的陽光，巴塞隆納的熱情，愛琴海的蔚藍，歐洲實在是太令人嚮往了……」

Teddy 講得越興奮，我腦袋卻越放空。我的手放在他暖呼呼的口袋裡，一種幸福感油然而生，那不是戀愛的幸福，而是一種有人關心、有人看顧的幸福。Teddy 是個如此熱情的人，我是不是該以同等的熱情回報他呢？如果他哪一天發現我平凡外表下貧乏的內在，會不會對我熱情消減呢？我是不是又得回到沒人理我的悲哀景況呢？我是不是該改變自己呢？我放鬆了僵直的身體，悄悄挪近 Teddy。

Teddy 仍自顧自地說著：「你知道嗎？我前年去日本，還遇到大雪咧，平常很少下雪的東京，那次積雪竟然深到脚踝，我還跟我朋友跑到外面打雪仗，實在有夠興奮的啦！不過日本的冬天雖然會下雪，還沒臺灣來得冷咧，臺灣冬天如果下雨，那濕冷的感覺，聽說連外國人都『擋未著』……」

時間已經過了午夜，不習慣晚睡的我，聽著 Teddy 的高談闊論，眼皮益發沉重。原本迎面而來的冷風，不知怎麼地卻變成和煦的暖風，深不可測的黑夜，也瞬間明亮了起來。我感覺自己靠在一個柔軟的枕頭上，讓我越來越覺得想睡。Teddy 的語音也逐漸模糊，模糊到我完全聽不清楚任何一個字，只剩下柔語般的呢喃，輕撫著我的臉……

10

臉上傳來一陣冰涼，讓我從迷迷糊糊中醒來。

那冰涼的東西，是Teddy的手。

「叮咚，起床了。」Teddy說。

「好冰！」

我回過神來，驚覺自己竟然趴在Teddy的背上睡著了，雙手幾乎處於環抱他的狀態。趕緊挺起身子，將手從Teddy的外套口袋中抽出來。

「呵呵呵，你很累唷，剛剛癱在我身上睡著了。」

「嗯…眞的有點累啦。」

「到囉，前面那間雜貨店就是我家。」

「嗯……」

「我得先叫你起來，不然給我姑姑看到你抱我抱那麼緊，還以爲我們兩個是……哈哈哈！」

被Teddy這麼一說，我又臉紅了！眞想找個地洞鑽進去。

Teddy把車騎到門口，拿出遙控器打開了鐵捲門。

在門開不到三分之一時，雜貨店裡的燈亮了。

「我姑姑下來囉。」Teddy小聲地對我說。

鐵捲門內有個玻璃拉門，Teddy的姑姑拉開它，探出頭來說：「外口足寒欸，汝哪會欲揀這款時間轉來，哪會無愛較早咧？」

「就有代誌愛做，所以較暗轉來。我有帶一個朋友作伙來chhit-thô（七逃，玩耍）喔。」

「朋友？是女朋友喔？」

「毋是啦，是查甫的。」

「喔。」聽到不是女孩子，姑姑的回應似乎有點落寞。

「我姑姑很煩，很愛問我有沒有交女朋友。」Teddy附在我耳畔輕聲說。

鐵門軋軋地開了四分之三，Teddy將車牽進屋裡，我跟在他後面進去。長形的屋子裡放著三排鐵架，兩排貼著牆壁，另一排則放在走道中央，上頭琳瑯滿目，從泡麵、飲料、糖果，到拖把、塑膠水桶，甚至有電視購物台賣的調理機，什麼都有。小店沒店名，不然倒是可以取名為「左鎮百貨公司」。

店裡燈光全打開了，我才清楚見到Teddy姑姑的面貌。姑姑約莫五、六十歲，身高只有一百五十公分出頭，又黑又瘦的臉上有許多歲月所刻畫的紋路。她的兩眼深邃到可說是凹陷，從中閃露出機敏的光芒，就跟Teddy迷人的雙眼一樣。

「阿姑，這我學弟啦，做伙讀册的學弟。」

我跟Teddy年紀少說也差了六、七歲，他竟然不害臊地說我是他「學弟」，到底是我太臭老還是他太帥，姑姑竟也相信他的鬼話，完全不疑有他。

姑姑對我說：「歡迎汝來喔。庄脚所在沒啥物通款待的，先與汝講一聲失禮呢。」

我向Teddy姑姑笑了一笑。

「袂啦，伊嘛是庄脚囝仔，應該會足慣習咱兜的生活啦。」Teddy幫我答腔。

姑姑就跟Teddy所說的一樣，對他十足關心。雖然大半夜起床，看到Teddy不但一直問東問西，還進到廚房端出熱騰騰的雞湯給我們喝。Teddy本來說不想喝要睡了，還是被姑姑硬逼著把雞湯與裡頭的大塊雞肉吃喝得乾乾淨淨。

姑姑煮的雞湯眞有媽媽的味道，這幾個月我未曾回家，平常吃的就是些外面的食物，也眞有些膩了。小泓煮的頂多也只是普通的飯麵，不可能花時間去燉雞湯。甜甜帶有漢藥味的雞湯滑入喉頭，鮮鮮的雞肉在口中細細嚼著，我不知不覺想起了媽媽，心頭泛起了一絲悵然。

喝完湯，Teddy帶我上樓，對我說：「房間有兩間，你是要和我一起睡，還是自己睡呢？」

「嗯……」

「自己一個人睡會怕嗎？我們這個山區晚上有很多祖先的靈魂會出沒喔。哈哈哈，小朋友你怕不怕？」

我本來不是怕鬼的人，被Teddy這麼一說，竟有些怕起來，但我才不想在他面前表現自己的膽小，挺起胸膛說：「怕什麼怕，你好幼稚！」

「那不然你自己睡客房囉，我要去睡我那張超大雙人床了。」

Teddy這傢伙，分明就是想要我跟他一塊睡。其實，長這麼大，我很少有機會能與另一個男生一起同床共枕，今天倒是個不錯的機會。

我在心裡對自己說：「勇敢一點吧，薛宗興。」

「我想睡雙人床耶。」我對Teddy說。

「唷，還是不敢自己一個睡嘛！」Teddy笑著說。

我扁著嘴，說：「才沒有咧！而是我想睡大床好嗎？」

「你幹嘛扁嘴，裝什麼可愛？」

Teddy又想伸手過來捏我的臉，我躲過他的襲擊，進了他的房間，砰的一聲把門關上，並且反鎖起來。

「喂，開門啊。」Teddy在門外小聲地叫著。

「不要。」

「快點開門啦，等一下被姑姑看到會說我們兩個很奇怪。」

「你也會怕奇怪喔?反正你本來就很奇怪了，被看到也沒差。」

「好啦、好啦，你人最好了，快點開門讓我進去。」

「不要！」

「快啦，我姑姑要上來了。」

「不要，你去睡客房，我睡你房間。」

「厚唷，我姑姑眞的上樓了啦。」Teddy 急躁起來。

「那你說，阿興最勇敢，Teddy 是膽小鬼，不敢自己一個人睡。」

「……」

隔著門，我隱約聽到 Teddy 姑姑走上樓梯的脚步聲。

「快說唷，不然你姑姑要上來了。」

「哎呀……」

「快說！」

「阿興最勇敢，我是膽小鬼……不敢自己睡……」Teddy 不甘不願地吐出這句話。

「這才乖嘛！」

我開了門讓 Teddy 進來的同時，姑姑的身影也出現在樓梯轉角處。

「恁在講啥？那會這呢大聲？」

「沒啦，阮在開講啦。」

「較早睏咧，莫傷暗睏啦，明仔載我欲去阿立祖轄辦代誌，看汝欲 tshuā（帶）汝學弟來看無？」

「嗯，好啦！」

「較早睏咧！」Teddy 姑姑進了房，但還是可以聽到她高八度的聲音。

「知啦！」

好不容易等到姑姑關上房門，Teddy 立刻將手伸了過來，想捏我的臉。

「死小鬼，你超白目的。」

「哼，你再弄我我要大叫囉！」

「在臺中『閉思』成這樣子，到我家就原形畢露了。」

「到今汝才知。」我邊說邊整個人平躺到 Teddy 的大床上，這床果真舒服到不行。

「你還沒洗澡吧？」Teddy 問。

「對啊。」

「厚唷，起來啦，沒洗澡很髒呢！」

Teddy 走近想把我從床上拉起來，我翻過身去不讓他施力。

「我今天又沒流汗，很乾淨的。」

「沒流汗還是會髒啊。」

Teddy 扳住我的腰，硬要把我拉起來。我故意把身體放沉，讓他不容易拉動。

「你怎麼那麼重！」

「吃了你姑姑的超補雞肉，所以變肥了。」

「快點起來啦，不然我搔你癢囉。」

「來啊，我又不怕癢。」

「可惡！」

Teddy 對我的胳肢窩與腰際猛搔癢，我卻一點感覺也沒有。

「就跟你說我不怕癢，你別白費力氣了。」

「厚唷，快起來啦，乖。你以後一定不疼老婆。」

「爲什麼不疼老婆？」

「你沒聽過不怕癢的男人不疼老婆嗎？」

「才怪，我最疼女生了。」我接著說：「你不是說你沒潔癖嗎？怎麼跟小泓一樣。」

「誰跟他一樣，我就是不喜歡還沒洗澡就來床上躺啦。」

「喔……是這樣嗎？」

「沒錯！」

「那你洗了嗎？」

「還沒。」

「那你先去洗啊。」

「厚，那你要先起來……」

「好，你先去洗，我坐椅子上等你回來，可以吧？」我一邊說，一邊坐起身來。

Teddy 拗不過我，摸了摸鼻子從櫥櫃拿出換洗衣服就出了房間。

趁著 Teddy 去洗澡之時，我觀察了一下他的「香閨」。我沒去過 Teddy 在臺中的租屋處，不過看他在左鎮家的房間這麼大，也難怪他常常向我抱怨在臺中的生活很悶。Teddy 房間的牆壁上吊著一些裝飾品與玩偶，還有一張當紅女明星的大張海報。書櫃裡有些雜書與 CD，有的寫著英文我看不懂，而中文的大部分是港臺流行歌手的唱片。房間外面有個陽台，可以看到對面的房子，在這隆冬初至的夜裡，鄉下的人家都早早歇息了，除了零星的街燈外，沒有什麼漂亮夜景可看。

我又細瞧了一下 Teddy 桌上的擺設，桌面的軟墊下放著一些照片。有穿著國中制服時期的 Teddy，早熟的他在那時就已硬是比同儕高出一個頭了，長相跟現在差不多，一樣的俊秀可人，也難怪照片裡總是一堆女生擠著跟他合照。我心想，Teddy 從小就是個迷人的男孩吧。角落處有更久遠的照片，有父母親與小男孩的合照，這應該就是 Teddy 與他父母了吧。Teddy 的爸爸是個高大壯碩的男人，Teddy 的身高應該就是遺傳到爸爸吧。桌上最顯眼的木相框裡，擺著的是 Teddy 與姑姑的合照，大學生模樣的 Teddy 緊緊摟著姑姑，若是不說，應該會被認為他們是母子吧。

Teddy 一下子就洗好澡了，才過沒幾分鐘，他就推了門進來。

「換你啦！臭小鬼。」

Teddy上半身打著赤膊，下半身穿著一條籃球褲，古銅膚色與厚實的胸膛，塊塊分明的六塊腹肌，讓人看了真是垂涎欲滴！倒是我，整天就只是讀書，也沒運動，全身鬆垮垮的，活像隻脫毛的肉雞。

「洗那麼快，有沒有洗乾淨啊？」我回嘴道。

「當然有，哪像你都洗不乾淨。」

我不想再跟他鬥嘴，從背包裡拿了衣服就轉身出門，Teddy則拿著吹風機吹頭髮。我都走快到浴室了，還聽到Teddy在說：「記得屁股洗乾淨，不然晚上會臭。」

進到浴室，扭開水龍頭，讓熱水流遍全身，眞是冬天裡最大的幸福啊！浴室裡有個不小的舊式浴缸，看得我好想去泡澡，但畢竟這是人家家裡，而且也已經是午夜時分，Teddy大概已在等我洗好澡準備要睡覺了，所以我便打消泡澡的念頭，乖乖洗澡。

洗著洗著，我突然想起一件事、一件有點「超過」的事。我偷偷開了浴室的門看看四周，走道空無一人，只有微弱的燈光照在冷冷的磨石子地上。浴室門邊有個洗衣籃放著Teddy剛換下的衣服，我伸手翻了一下，Teddy的內褲出現其中，它是一件黑色CK藍帶內褲。帥哥Teddy穿著新潮的性感內褲，裡頭綳著一大包，光想都覺得無比誘人。我心中的歹念讓我無法自己，拾起了那件帶有餘溫的內褲，關上浴室門。

上次做這種事是國中三年級的秋夜，那個我至今仍無法忘懷的夜晚。我與那天一樣，將鼻子湊近內褲，嗅了一嗅——好腥！Teddy的味道與他的青春氣味不同，這是成熟男人穿了一天的內褲，竟如此腥臭！汗味、尿味、屌味，只差沒有潲味。但這味道卻有一種「蘊味」，讓我不由得二聞、三聞。而這腥臭，竟然讓我的陰莖勃起了。

解決老二充血的最佳方式就是將精華解放出來。我坐在馬桶上，一面嗅著Teddy的內褲，一面用手快速套弄。我的腦海浮現出剛剛Teddy半裸的胴體，我幻想他挺著巨大的陽具，抵到我嘴邊，要我幫他口交。我舔舐著他火紅的龜頭，將他的陰莖含到喉嚨的最深處，他那碩大的男根，塞滿了我的嘴。Teddy抓著我的頭髮，口中不斷喊著：「好爽、好爽。」

我也好爽，我要射了。

我快速將現場善後，隨便將肥皂抹遍全身，然後沖掉，擦了擦身體便離開浴室，然後小心翼翼地將內褲放回洗衣籃裡，再將其他髒衣服蓋回去。

回到房裡，Teddy竟已躺在床上呼呼大睡了。

我在心裡說：「Teddy這傢伙，對客人的禮數還眞『周到』啊。」

關上電燈，躺到床上，把身體縮進被窩裡。軟軟的被窩還眞是暖和，再加上一旁Teddy體溫的加熱，好舒服喔！

一天折騰下來眞的好累啊，我也想睡了，晚安……

11

當我從一夜好夢中醒來，外面已是蟲鳴鳥叫，陽光從窗戶灑了進來，照亮半間房間。冷氣團的威力在昨夜發展到頂點後已減弱不少，今天看起來應該是個陽光普照的南臺灣初冬。

我好久不曾像今天一樣睡到自然醒了。在臺中，每天的好夢都是被煩人的鬧鐘打斷的，最初買的兩個鬧鐘，有一個已經被大發起床氣的我丟到牆邊，砸壞了……

我看了看身邊的Teddy，他睡得可沉呢。我想他也應該睡夠了，便搖了搖他，說：

「Teddy，起來了！」

Teddy「嗯」了一聲，抿了抿嘴，側身轉向另一邊，好像又昏睡過去。

我見Teddy沒有起床的意思，又用力搖了搖他的肩膀。

「快起來啦！」

「喔，好啦」，Teddy隨便應了一聲，依然沒起身的打算。

我在心裡說：「好樣的！還是打死不起來嗎？看我的厲害。」

我鑽進被子裡，抓起Teddy雖然結實卻沒什麼脚毛的大腿，嘰咕嘰咕地搔了下去。

「啊！」Teddy像蝦子一樣彈了起來，腳差點沒踢到我的腦袋。

「你幹嘛啦！」Teddy大喊。

「幹嘛？我叫你起床啊。」我將頭鑽出棉被。

「我很怕癢啦！」

「我搖你搖不醒，就用『擽』（搔）的啊，看你以後疼不疼老婆？」

Teddy坐起身來，伸了個大大的懶腰，說：「厚，那麼早叫我起來幹嘛啦？」語畢，Teddy又躺了下去。

「喂，起來啦，不然我再『擽』你喔。」

「哎唷，很累耶，現在是幾點了？」

「快九點了。」

「才九點……」

「喂，你是找我來你家玩的，不是來睡覺的，不然我待在臺中睡不就好了。」

Teddy揉了揉眼睛，又打了個大哈欠，總算又坐起來，睜開眼睛，說：「好啦，講不過你，死小鬼，起床就是了。」Teddy又說：「反正剛好，我姑姑今天要去阿立祖那邊辦事，就帶你去看看吧。」

「你以後會疼老婆喔。」我對Teddy說。

「啥？帶你去看阿立祖，跟疼老婆有啥關係？」Teddy一臉狐疑地說。

「你很怕癢吧？」

「對啊，還蠻怕的。」

「你昨天說怕癢的人比較疼老婆啊，哈哈。」

「哼，我是個好男人，當然會疼老婆啦！但是絕不會疼你這個死小鬼！」

「哼！」我又嘟起嘴。

突然覺得，我們之間幼稚的對話，還眞有點（只是「有點」）像情侶呢。

我穿好衣服、吃完早餐，Teddy 帶我從家裡到附近的公廨（祭祀阿立祖的地方）。一路上 Teddy 講了很多有關阿立祖的事，他說阿立祖喜歡檳榔，所以去祭拜祂都一定要在路上買檳榔帶過去，不過我們不用買，因爲姑姑的抽屜裡一定會有檳榔。Teddy 又說阿立祖很討厭人在公廨裡放屁，如果有人放屁的話，阿立祖會讓他鬧肚子，拉個好幾天才會好。Teddy 告誡我，如果要放屁，一定得忍到外面放，而且離公廨越遠越好。

阿立祖公廨離 Teddy 家並不遠，走沒多久就看到了。Teddy 的姑姑已經在門前起乩替人作法。其實公廨跟常見的神壇沒什麼不同，以前在村裡也常見到神壇或廟裡的仙姑、乩童在辦事。阿立祖比較不一樣的是祂沒有神像，只有陶瓷做的壺擺在神龕上頭。Teddy 跟我說，阿立祖的神靈就住在壺裡面，每逢初一和十五就要換一次壺裡的清水。也是因爲這樣，外人看西拉雅族就像在拜陶壺，所以西拉雅人也被稱爲「拜壺民族」。

今天的信徒不多，大概等了半小時就輪到我們了。Teddy 叫我拿檳榔去供在阿立祖面前。Teddy 的姑姑看到我來，咧著缺了幾顆牙的嘴，對我笑了一笑。Teddy 問我想問阿立祖什麼，我想了一想，當然是問課業吧。

Teddy 的姑姑聽了我的問題後，嘰哩咕嚕地說了一堆仙語，旁邊的中年桌頭替她翻譯道：「神明講，汝考試無問題啦，會考到汝合意的學校。伊擱講，你的腦筋程度袂歹，免逐日攏在讀冊，有時陣愛加減息睏一陣，毋通打歹身體。」

一旁的 Teddy 笑著說：「我講的沒錯吧，連阿立祖都說你太認眞了。」

聽到阿立祖這樣說，我心裡也安定了不少，連聲向阿立祖道謝。

姑且不管迷不迷信，至少一大早聽到這種「好消息」，讓我的好心情全寫在臉上，就連公廨外頭的陽光，都顯得更和煦耀眼。

我是最後一個問事的，所以就待在公廨裡看他們收拾。我平常很少到廟裡走動，這類儀式對我而言還挺新鮮的。

神明上身對尪姨來講，體力消耗很大，所以姑姑在退駕之後，就坐在椅子上略爲喘息。Teddy 貼心地送上一杯水，姑姑一邊喝一邊調勻氣息，幾分鐘後才回復正常。

擔任桌頭的阿滿姨說有事先走，公廨就剩我、Teddy 與姑姑。

姑姑招了招手叫我跟 Teddy 到她身邊。

姑姑用她深邃的雙眸看著我們，說：「其實，拄才阿立祖擱有另外一个指示，伊叫我愛親嘴向恁兩个人講。」姑姑喝了口水，接著說：「阿立祖講，恁兩个尙好毋通行相過偓（太過接近）。」

「行相過偓？」Teddy 一頭霧水地問。

「我也毋知阿立祖真正的意思，不過伊就是安呢講，所以恁兩人以後毋通相接（太經常）相招出去就是啊。」

Teddy 與我都陷入了沉默的思考中。

看我們都不說話，姑姑站起身來，對我們說：「好啦，莫擱想這多，中晝我煮好料的互恁食吧。」

「今才十點外，我想欲帶阿興去化石館行行欸，到中晝才轉去赴食。」

「好啦，馬是會使。」姑姑說。

「無，阮先來去。」Teddy 對說。

「好啦，騎較慢欸兮。」姑姑還是不厭其煩地叮嚀 Teddy 要注意安全。

離開公廨後，Teddy 帶我去逛附近的左鎮化石館。一路上我們說說笑笑，但我的心中一直在思考剛剛姑姑所說的話。

毋通行相偓。

我真的不明白神明的意思。逛完化石館，我坐上 Teddy 的車，忍不住問他對阿立祖指示的看法，Teddy 半開玩笑地說：「那我們兩個以後出去都距離五公尺以上好了。」

這種答覆才不可能讓我滿意，我繼續追問。Teddy 答道：「那不然以後就多找幾個人跟我們一起出去吧。」

我對阿立祖的指示半信半疑，畢竟我不是祂的信徒，但從小跟著姑姑在公廨出入的Teddy，又是怎麼想的呢？要是阿立祖很靈驗，那我們兩個「走相偓」，是不是就會有壞事發生？但是，我追問了半天，直到Teddy家大門，Teddy都不願意正面回答我的問題。

豐盛的午餐，菜香四溢，在我們還沒進門前就已撲鼻而來。

「喂，你到底要不要回答我的問題啊？」我下車站在一旁，又問了Teddy一次。

Teddy完全不理我，直接開門走進屋裡，喊著：「足香欸呢，阿姑妳是煮啥物好料的，我肚腹強欲枵死啊啦！」

我只好跟著Teddy進到屋子後方的餐廳。方桌上已擺滿了一道道美味的好菜，樣樣都散發著南臺灣的好客之情。菜餚裡有我最喜歡的紅燒草魚，姑姑說那是剛剛一個信徒拿來的現撈仔，我下箸一嚐，眞的好鮮美。以前在臺南家裡，每天都會有一道菜是魚，但到了臺中常吃外食，吃到魚的機會就少了。當然啦，還有鄉村才有的特色菜蔬，像是樹子、香瓜仔心、菜瓜等等。

Teddy本來就很會吃，平常食量少的我這時也胃口大開，卯起來扒了三碗飯。我們的捧場，讓Teddy姑姑不時露出她只剩五顆牙的笑容。

吃過午餐，Teddy說要帶我去附近的虎頭埤玩，但我跟他說有點累，想在家休息。

其實我不太想出門，別忘了我原本在臺中的計畫可是要把幾個月沒看的電視一次補足啊！於是，一整個下午我都在電視節目的輕鬆氣氛中度過。Teddy 則是跑去找朋友，聽姑姑說他們到附近野溪釣魚去了。

轉眼間夜色降臨，姑姑又變出一桌好菜，加上 Teddy 下午釣的幾尾吳郭魚，真讓人不想再回臺中吃外食。

這是在左鎮的第二個晚上，在涼涼冷冷的夜裡，最棒的事就是洗完澡後躲進被窩，舒舒服服睡到自然醒。畢竟這種日子不可多得，明天一回臺中，又得開始面對讀書的壓力。想到這裡，我就全身發軟，一點也不想回去。

我趴在床上看英文片語書，Teddy 洗好澡進了門，一屁股坐在床上。

他擦著頭髮，對我說：「看書喔，那麼認真。阿立祖不是叫你不用太認真嗎？」

我闔上書本，轉身面向 Teddy：「是『不用』太認真，而不是『不』認真。」

「好啦，反正都你的話。不聽阿立祖的話，小心會吃虧。」

「哼……」我轉過身做出不屑的姿態。

Teddy 拿出吹風機吹著剛洗好的頭髮，老舊的金屬外殼吹風機，發出吵雜的轟轟聲響。

「喂，你覺得，阿立祖說叫我們別靠太近……」我又提了早上的疑問。Teddy 裝作一副耳背的樣子，大聲嚷道：「你講啥？聽無？」

「啥物啦，我是講……」

「啥物？」

「靠，你是正經聽無抑是假仙聽無？」

Teddy 突然關了吹風機，順手按下電燈開關。房間瞬間陷入一片漆黑。

「爲什物欲關電火？」

「足晚啊，愛睏啊。」Teddy 躺進被窩裡，打了個哈欠說。

「我擱無想欲睏啊！」

「今仔日足忝（很累）……」

「你逐工攏講你足忝…漚少年（體弱的年輕人）。」

眼見 Teddy 不答腔，我又說：「剛剛那個問題……」

Teddy 依然默不作聲。

「是怎樣，幹嘛不講話。」

「喂喂！」

「我咧…你……」

也不知道 Teddy 是眞睡還假睡，他完全不回應我的問題。

「這傢伙……」

不管了，今天就暫且放他一馬，明天火車上有的是時間，非追問到底不可。

我本來就是好睡的人，躺在床上胡思亂想一會兒，三兩下就進入夢鄉了。

在剛進入淺眠階段、半夢半醒之際，我感覺到 Teddy 的身體似乎越來越靠近。Teddy 翻了個身，整張臉離我不到五公分。我睜開眼睛在黑夜中看不到 Teddy 的表情，但他厚重的男子鼻息卻直往我的臉上吹。我不喜歡這種濕熱的感覺，於是轉過身去背對著他，閉上眼睛。

沒多久我又醒了，因爲 Teddy 又靠了過來，莫名其妙地將胸膛貼到我背上。

我心想：「他是怎樣？想把我擠下床嗎？」

我又往床鋪的邊緣稍稍挪動一下。

移動的同時，我的腰部竟碰到了阻力，那是一隻有力的大手，摟住了我的腰間！

Teddy 用手摟著我!!

這是在作夢嗎？

不，我超清醒的！

我整個人都僵硬了，不知所措。

「不會吧……」我心想。

Teddy 悄悄地靠近我的脖子，我感覺到頸上一陣濕濡。Teddy 用他嘴唇輕輕地親吻著我。Teddy 每一個輕柔的吻都讓我無力反抗，只能任由他擺布。他撩起我的頭髮，吻遍我後頸的每一寸肌膚，那酥麻的感覺，讓我全身都起了雞皮疙瘩。

Teddy 輕輕地將我翻過來，親了我的額頭、臉頰。我輕輕地推了他一下，想開口問他……

「噓。」他用手指封住我欲言的雙唇。

然後，Teddy 熾熱的雙唇，也貼上了我的唇。

Teddy 伸出他溫熱的舌尖，深入我輕啓的口中。它猶如一條靈動的蛇，誘惑著初嘗禁果的亞當。我的舌竟不由自主地伸了過去，與撒旦共同交纏。

Teddy 的手伸進我的T恤裡，撩撥著我的胸口。我那未經世事的黑珍珠，在他熟稔的玩弄下，盡情地硬挺起來，我不斷發出濁重的喘息聲，雙手不由自主地緊緊摟著Teddy 的腰際。

狂野的 Teddy 脫去我的上衣，一鼓作氣從我的雙唇、下頜、喉頭、胸間、上腹、肚臍直吻下去，他的每一個吻對我而言，都是新鮮的體驗，都是未曾開發的處女地。原來男人的身體是如此敏感而且多變，吸吮乳頭與舔舐腰間、撥弄耳垂跟舌尖相抵，全是不同的快感，有的酥麻、有的搔撓，但這些都讓我勃起的陰莖水流不止。

突然間，Teddy 將我穿的運動褲與內褲一起脫下，我勃興的陽具毫無保留地彈了出來。

「啊…不要……」我試圖保持著矜持，呼喊著。

Teddy 無視於我的請求，將鼻頭往我男根上的黑色草地深深一嗅。他似乎在草地上搜尋著什麼，非得尋得他想要的東西，方肯罷休。得到了珍奇藥草後，Teddy轉向我高聳的天山雪蓮。他用舌頭啜飲雪蓮頂端的露汁，然後起身將舌尖的淫液往我嘴裡送來。我們再次熱烈地擁吻，Teddy用手抓住我的老二，一面擁吻，一面套弄。我的手也往Teddy下半身探索，深入他內褲中。首先摸到的是一叢茂盛的密林，除此之外，手指碰到了令人無法想像的碩大柱狀體。那根東西，又粗又長，握住它時，整根實實地盈滿我的手心。

如此巨大的東西，怎不讓人想享用呢。我附在Teddy耳畔說：「讓我幫你含。」我的主動使Teddy感到興奮，立刻脫去內褲，把屌移到我的嘴邊。我一口便將那根大肉棒含進口裡。

Teddy的大龜頭塞滿了我的嘴，開始抽動。但它實在太大了，我努力忍耐著，但他卻越來越興奮，越捅越深入。我推開他，把屌吐出來。

Teddy問：「怎麼了？」

我說：「你的……太大了，我吞不下去。」

「不好意思，我忘了你是第一次。」

「其實不是第一次，不過讓他覺得我是第一次也好。」我在心裡這麼想著。

我捧著Teddy的大屌，用舌尖舔舐它，從馬眼、龜頭、龜頭冠、莖部，一直舔到那兩顆沉甸甸的睪丸。我輕輕地囓咬著他睪丸的皮膚，這種刺激讓他突然抽搐了幾下。我往下，焦點轉移到他的會陰部，雖然洗過澡了，但他的會陰不但長了許多毛，還瀰漫出十足的男人味。我用舌頭猛攻那裡。Teddy 興奮得不斷淫叫，從馬眼洶湧而出的淫水，竟然滴到我的額頭上。

我繼續挑逗著會陰，然後用手套弄他的屌。

「唔……也太爽了！先讓我幫你吧！」

Teddy 坐到我的大腿上，彎下身來再次幫我口交。

他的舌功實在厲害，才三兩下，我的分身已鼓脹到了極點。

「不行！我要出來了……你先停一下……」我想推開 Teddy 的頭，但他卻含著我的老二不放。

我再也禁止不了即將洩洪的慾望，大量前列腺液已衝過防線，流入 Teddy 口中。我全身顫抖著，對 Teddy 說：「不行啦！我要出來了!!」

一道道的精液從我的精囊，通過輸精管，從馬眼噴射出來，噴入了 Teddy 的口中。Teddy 一口飲盡我蓄積已久的精華，一滴不剩。

「啊……」

射完精的我全身癱軟，不斷喘息。

Teddy 坐在床邊。我將身體靠近他，將頭枕在他的大腿上，問道：「你沒射啊？」

沒想到 Teddy 竟然說：「你爽就好了。」

「不行，我要你的。」我伸手過去，抓住他仍硬梆梆的屌，說：「還那麼硬，我命令你給我。」

我轉過身去，用跪姿幫他服務。

Teddy輕輕地推著我的頭，要我加快吸吮的速度。我用盡我的能力，讓他的陽具進到喉嚨最深處。Teddy的巨棒不斷頂到我喉中的敏感地帶，技巧不純熟的我一直覺得噁心。但我壓抑著這種感覺，只是希望Teddy也能讓他的精華噴射在我的口中。精液的味道雖然苦澀腥臭，但一想到那是Teddy產出的珍寶，就一點都不覺得難喝了。

興奮的Teddy全身是汗，而我剛剛射精不久的老二，竟也偷偷再次勃起了。我一邊替Teddy口交，一邊玩弄起自己的老二。Teddy結實的身體因爲陰莖被吸吮而興奮不已，身上的肌肉浸淫著汗水，Teddy低沉地嘶吼著，不斷收縮著他的腹肌，似乎在防止蓄積已久的精華太早噴入我的口中。

我則弓著身子，擺出最完美誘人的姿勢，讓Teddy的男根進出我的口中。我獻出我的身體，和我喜愛的男人，在床第之間，共赴巫山。

Teddy的分身越來越硬、越脹越大，我停下來，問他說：「你要射了嗎？」

「嗯……」

「等我，我也要一起。」

我停止吞吐Teddy的老二，改用較不刺激的玩法，只順著他陰莖上暴露的青筋舔著，但馬眼不斷地湧出黏稠的淫水，讓我怎麼喝都喝不完。

我加快手裡自慰的速度，想起上他的進度。

Teddy 的吼聲越來越大，分身硬如鋼鐵。

「出來了!!」Teddy 大吼。

我張口接住從火山口爆發的岩漿，讓它射滿我的嘴裡。我效法 Teddy 也將它們絲毫不剩吞了下去。我也到達了臨界點，將今晚的第二發精華噴濺出來，我的手與腹部，還有 Teddy 的床單上，全是精液。

Teddy 的精液苦苦澀澀的，卻又帶點辛辣與甜味，這是讓人難以言喻卻又滿足的味道。

我精疲力竭地躺在床上，望著身邊一樣癱軟的 Teddy，心想：「這事，連做夢也夢不到啊……」

收拾好殘局已近凌晨兩點，我們躺在床上，Teddy 摟著我，只是沉默。

我問 Teddy：「你爲什麼會想接近我？」

「就是喜歡你啊，這有什麼好問的。」他的答覆還眞無趣。

「我只是個重考生，長得醜、不會打扮又沒知識，是哪一點讓你喜歡？」

Teddy 摸著我的肚子，說道：「你哪裡醜了，你很可愛啊。」

「眞的很可愛嗎？」我覺得有些不好意思，又問：「那你是什麼時候開始喜歡我的？」

「嗯……就那天我看到你裸體的時候。」

「你這個死變態！」我翻過身去，強吻 Teddy 的唇。

一陣交纏後，我意猶未盡地將舌頭離開 Teddy 的口中，又問：「這一切該不會是你設計好的吧？」我撥弄著他微捲的瀏海。

「到今你才知。」

「靠！」我啐了一聲，卻更摟緊了他。

我又問：「那阿立祖說的話呢？」

「管祂的，祂又沒說在一起會發生什麼事，先在一起再說吧。」

Teddy 這傢伙，什麼不會，油嘴滑舌的功夫最強。

我不再說話，也不想再多想，只想在這個激情的冬夜裡，抱著 Teddy，與他又硬起來的屌相抵。我們張開的馬眼，代替已入眠的主人互訴衷情，徹夜呢喃。

12

當我從一夜好夢裡甦醒時，Teddy卻不在身邊。我本以爲他下樓去吃早餐或是在浴室梳洗，所以在床上發懶了一會兒，才起身拾起昨夜散落一地的衣物，穿上。

對昨晚發生的事情，我仍充滿疑惑，那些記憶是眞？是假？直到我看到身上淺淺的吻痕與肚子上的精液痕跡時，我不得不相信，這是一場正在上演的眞實大戲。看著窗外扶疏的樹木，尋思著：Teddy對我，眞的是「一見鍾情」嗎？像我這樣的人，憑什麼夠得到他的關愛？他是眞心的喜歡我，還是把我當作洩慾的工具，完事後就拍拍屁股走人？如果眞的要在一起，我們該如何相處？對於戀愛，我什麼都不懂。

我有太多問題想問Teddy，但十分鐘過去了，仍不見Teddy進到房間裡。

我起身開門，探頭出去看了看走道。一個人也沒有，廁所門是開著的，看樣子Teddy也不在裡頭。於是我到浴室裡刷牙洗臉，走下樓去。姑姑坐在桌子後面顧店，轉頭看到我，便熱情地招呼我吃早餐。我問：「阿姑，Teddy咧？」

「Teddy……？汝講阿泰喔？伊去幫我載貨啊，稍等一下就轉來。汝先食早頓，物件佇灶腳桌（廚房）仔頂面。」

「嗯，多謝阿姑。」

桌上擺一鍋地瓜稀飯，另有小碟子盛裝的菜脯蛋、樹子、魚鬆、醬菜等等。昨晚一場「惡戰」下來，此時我的肚子餓得咕嚕咕嚕叫，見到食物，自然不留情面地吃個痛快。

吃完早餐後，姑姑要我去前面跟她一起看電視等Teddy回來，但我對她還是有些許生疏感，於是我藉口說要看書，跑上樓去了。

我趴在Teddy的床上，拿出今晚補習班要考的英文單字出來背。兩天沒看書，倒不像孔夫子說的那般「面目可憎」，反而經過休息後再看書，原本望之生厭的英文單字，剎時也變得和藹可親許多。當然，這也不全是放假的功勞，與Teddy關係快速地發展，讓我有了「愛情滋潤」，看起書來也帶勁許多。

單字背著背著，我竟然趴在床上，又昏睡過去。

不知睡了有多久，突然有個沉重的東西壓到我身上，把我嚇醒了。定睛一看，原來是回家的Teddy整個人撲在我的身上。

「還在睡覺喔。」Teddy湊到我耳邊說。

我拚命地掙扎，回嘴道：「你重死了啦！」

一個超過八十公斤的大男人，壓在我這不到六十公斤的瘦弱身軀上，真是折煞我也。

Teddy用手撐住自己的重量，才讓我的身體舒服一些。

「才沒有咧，早就起來了，是看書看到睡着。」

「喔，是這樣嗎？」

「你才討厭咧，偷偷跑了都沒叫我。」

「我姑姑叫我去補貨啊，我看你睡到口水都滴出來了，所以沒叫你嘛。」

「你才流口水咧，你昨天晚上把口水滴到我手上，我都沒跟你計較了，你還敢講我？」

「我哪裡流口水到你手上？昨天一整晚我都用手讓你當枕頭，眞要說流口水，應該是你流口水到我手上吧！」

「昨晚都被Teddy抱著……」我打從心底害羞了起來。一整晚被他堅實的臂膀摟著，這也太幸福了吧！但轉念一想，我跟Teddy好像開始交往了，不對吧，交往不都要經過「純純的愛」的階段嗎？我們的進展也太快了些。

「十一點了，下樓吃午餐吧。吃完午餐也好出門回臺中了，你是六點的課嘛。」Teddy說。

「我才剛吃完早餐沒多久耶。」我說。

Teddy伸出手來摸著我平坦卻沒肌肉的白嫩肚皮，笑著說：「不會啊，你肚子扁扁的，應該可以塞進很多東西才對。」

「你這傢伙。」我轉過身面向Teddy，與他四眼相望。

Teddy眼睛一閉，舌頭又逼了過來，把此「舌戰」（吵架）變成了彼「舌戰」（接吻）。一場擁吻再次開始，也把我心中的一堆疑惑，又壓到心底去。

好不容易結束這回合，我和Teddy下樓吃飯。我雖然不餓，卻仍努力與Teddy將桌上的食物一掃而空。吃完飯，上樓收拾行李，我向姑姑道了謝，說聲再見，便搭上Teddy的車，依依不捨地離開這可愛的左鎮山村，沿著台20線直奔平原而去。

正午的天氣不冷，但我卻正大光明地將手放在Teddy外套口袋裡。如今他已是我的人了。我輕輕地摟著Teddy，享受著回歸水泥叢林前最後的鄉間輕風。

啓程不久，Teddy突然轉往公廨方向的小路，將車停在公廨前。我還沒問他要做什麼，他反而拉著我，走到公廨裡，拿出一包不知何時準備好的檳榔放在阿立祖前面。他帶著我向阿立祖鞠了個躬，自己雙手合十，喃喃地說了幾句極小聲的話，就連站一旁的我也聽不到。

在簡單向阿立祖致意後，我們又啓程前往善化。

我的心中有些不太自在，覺得Teddy既然違背了阿立祖的指示和我發生關係，卻又到祂跟前說那些悄悄話。我不知道Teddy是怎麼想的，但姑姑那句「毋通行相偓」，還是讓我覺得有些不安。

先打破沉默的是Teddy，問我說：「如何，我家不錯玩吧？」

「還不錯……」我說。

「嗯……」

接著又是長時間的沉默。

我忍耐不住，從衆多疑問中挑了個應該是最好回答的，問：「Teddy……」

「嗯？」

「你覺得，我們現在是什麼關係？」

「嗯…這個嘛…」Teddy想了一會，接著說：「這要看你想要的是什麼關係吧。」

「什麼『什麼關係』？」我聽不懂他的話。

「因爲我的生活沒那麼多拘束，比你自由多了。反而是你該考慮的事情很多吧，所以重點在於——你想要哪種關係？」

見鬼了！怎麼變成Teddy反客爲主？但他問的也有道理，現在我的情況，的確得考慮很多。我是重考生，目標除了讀書外，還是讀書，交男朋友一定會有所影響。就算不影響，也難保不會露出馬脚，眼尖的小泓無時無刻不在注意我的日常生活，若是眞被小泓知道的話，後果將不堪設想。但是Teddy會說這話，也表示他有意跟我交往，如果現在不留住他的話，他應該一下子就對我沒興趣了。

我又反問：「那…你現在覺得我們是怎樣的關係呢？」

「就有點曖昧又有點喜歡吧。」

我聽了這話，心裡犯嘀咕：「啥？現在只是『曖昧又有點喜歡』啊！」

那現在到底是要繼續「曖昧」下去，或就此打住，又或者要更進一步？

經過人車較少的山上鄉後，路旁的房屋與路上的車輛開始多了起來，我也不敢再那麼緊地摟著Teddy。

「如果……」我欲言又止。

「嗯？」

「我們交往看看呢？」我總算吐出這句話來，心臟撲通撲通猛烈跳著。

「好啊。」

Teddy的回應竟然如此乾脆，我莫名地狂喜起來。

但我立刻回復理智，問：「但是……如果事情『熖孔』（曝光）怎麼辦？」

「應該不會吧，大家就低調一點囉。」Teddy說得輕鬆。

其實我想問的問題是：「我們到底是要怎麼交往？」但話到嘴邊又收了回去。自從昨晚的事之後，我又不敢對Teddy坦言心事了，太多疑惑放在心裡說不出口，這情況好像回到與Teddy剛認識，被花癡病纏身時一樣。現在與那時最大的不同是，那個時候的我是在單相思，而現在的我卻與Teddy開始「交往」，但這「交往」卻沒有使我解脫，反而更增添了心事。

到了善化車站，Teddy跑到附近買了零食跟飲料要讓我在車上吃。他還是一樣體貼。上車後，Teddy打開話匣子，說的卻不是我想知道的交往問題，而是大談阿立祖。

他說阿立祖當初如何展現神蹟，幫他解決難題。講完阿立祖後，Teddy又說起釣魚、玩水、籃球之類雜事。他講得很投入，但我卻覺得他也在閃躲些什麼。

火車到了臺中，約莫四點出頭，離補習還有兩個小時。我請Teddy先載我回家，等時間快到了我再自己搭公車去補習。但Teddy說他想載我去，想要在一起久一些。

我很清楚Teddy心裡打的是什麼主意，我點頭說好。既然都已經「交往」了，該依的還是得依他，越與他親近就越能知道他心裡在想什麼。

Teddy租的套房離火車站不遠，是獨棟式的分割套房。

一開門進到屋裡，放眼望去的就是雜亂。書本、衣物隨意堆在桌上、床上，各類的紙張、文件散落各處。普通人一顆籃球就夠玩了，Teddy的房間裡竟然有三顆。還有各種便利商店的贈品、集點卡和許多紙條與卡片，放得到處都是。

「裡面很亂，不好意思。」Teddy抓了抓頭，露出燦爛卻又有點靦腆的笑容，指了指電腦桌前的椅子，對我說：「先坐一下吧。」

房間雖然很亂，但算不上骯髒。地板有拖，桌子也有擦。Teddy看起來就是那種房間裡頭堆滿東西，但要找什麼順手捻來就有的人。對我而言，窗明几淨的不是很好嗎？以後有空我一定要幫他好好把房間整理一番，整齊的房間配上一個大帥哥，這樣才棒。

房間裡只有一張椅子，所以他努力地將床上的東西移到別處堆放，騰出一個他可以坐下的空間。他尷尬地笑著，對我說：「呼！好啦，讓你久等了。」接著又問：「你會口渴嗎？」

「不會……」

「幹嘛那麼見外？」Teddy邊說邊走到牆角，打開小冰箱，看了看裡面，對我說：「我有紅茶耶，你要不要？」

「嗯……。」我倒是有點覺得口渴。

Teddy拿了一包鋁箔包紅茶給我，我接過來，只拿在手上。

「你幹嘛不喝？」Teddy早已把吸管插進飲料孔中，大口地吸吮起來。

「你確定沒過期嗎？」

「最好是有過期啦，過期了我還會喝嗎？」

「誰知道啊，你住在這麼骯髒的環境裡，過期的飲料對你而言也只是剛好而已。」

「死小鬼，對你越好你越油嘴滑舌喔！」

我不再鬧Teddy，也開始喝起手上的飲料。

低頭喝沒兩口，我發現Teddy在偷瞄我。

「怎麼了？」

「你幹嘛坐那麼遠？坐過來一點嘛。」

看樣子，Teddy的色心又在蠢動了。

既然都「交往」了，我就順服地坐到Teddy身邊。Teddy伸出手來勾住我的腰，將我摟向他懷裡。我輕輕地靠著他的臂膀，傾聽著他有些急促的呼吸。光是這樣，就讓我褲子裡的十八歲老二也硬了。

Teddy 將手伸進我的灰色棉褲裡，撫摸著我露出內褲外的少許陰毛。他轉頭，用鼻尖嗅著我髮梢的味道。我看著他，笑了，Teddy 也笑了，輕輕吻了我的額頭。

Teddy 要我躺到床上。我乖乖地躺著，不再有矜持，將自己完全交給他，看他想怎樣就怎樣。

他脫掉我的棉褲，用鼻尖磨蹭著我那已在內褲中勃起的屌。Teddy 沒有立刻脫掉我的內褲，而是隔著內褲挑釁我敏感的分身。隔著這層薄薄的布料，眞是令人又愛又恨，雖然舒服，卻有隔靴搔癢之感。

Teddy 用口啣著我的分身，呼出濕熱的氣息，隔著布料滲進。我飽脹的分身，前端流出的液體，讓白色三角褲的前端出現了一圈濕濡。Teddy 發現它，一面繼續用口挑弄我的玉莖根部，一面用手在我的馬眼處畫圈圈。我雙腿僵直，卻仍阻擋不了前列腺液的外溢，內褲濕掉的範圍越來越大。

Teddy 脫去我的上衣，將舌轉向我的乳頭，輕柔地舔著。我爽得雙腳亂踢，老二簡直就快將內褲給撐爆了。

Teddy 將口離開我的乳頭，改吸吮我的耳垂，雙手則在我的雙乳上畫圈，我不禁大叫著：「啊！啊！好爽!!」

Teddy 輕聲在我耳畔問：「喜歡嗎？」

「嗯……」

「你想要嗎？」

Teddy 總算說出這句話來。

13

「嗯……」我羞澀地點了點頭。

Teddy微笑著摸了摸我的臉，說：「那你等我一下。」

他起身走到小桌子旁，掀開上頭的筆記型電腦，然後開啓電源。筆電放置的角度剛好可以供Teddy躺在床上看電影或劇集。在筆電執行開機的空檔，Teddy從衣櫥裡拿了一些東西出來，不用想就知道，肯定是潤滑劑跟保險套之類「開戰」所需的東西。

Teddy將東西放在床沿，再走到電腦旁，開啓了一個檔案，對我說：「我想讓我們的第一次，來一點與衆不同的情境。」

「與衆不同？」我心裡納悶著。

播放出來的是一部G片，一個穿著緊身泳褲的年輕男子出現在螢幕裡，另一個結實的墨鏡男挑逗著年輕男孩，並拿出濃稠的液體，塗抹在男孩身上。

「我們來學他們吧。」Teddy拿出一大罐潤滑液，作勢要倒在我的內褲上。

「不行啦！那我等一下不就沒內褲可以穿？」

「我有啊，再借你就好。」

Teddy根本不理我的抗議，直接就將潤滑劑倒到我的身上，並學著G片裡的墨鏡男，用手不斷將潤滑液推勻在我的全身。我覺得又濕又滑，卻有種既舒服、又搔癢的感覺。G片裡的男人不知道從哪拿來一顆跳蛋，直往主角屁眼裡塞，主角被弄得嗯嗯啊啊地叫個不停。

「Teddy該不會也要拿跳蛋出來吧？」我心裡想。

不過Teddy從床底拿出的不是跳蛋，而是電動假屌！

我心底嘀咕了一下，雖然橡膠屌沒有Teddy那根來得大，但把那東西給塞進菊花裡，未免也太摧殘我可憐的後庭吧！我本想拒絕，但轉念一想，既然都下定決心要把身體給他了，Teddy又這麼「性」致盎然，就隨他吧！反正只要不把我弄太痛，讓我夠爽快就好。

Teddy要我把屁股翹高，卻不脫下我的內褲，而是把內褲往旁邊一拉，讓我的密穴露在外面。沾了潤滑液的密穴，從溫熱的布料包覆轉而暴露在微涼的空氣裡，一股涼意籠罩了全身。

Teddy用假屌在我穴的四周游移，這種挑逗眞讓我難以消受。記得以前曾幾次用手指玩弄過屁洞，那種感覺與平日手淫眞是大異其趣，雖然插入時總是會有些許刺痛，但在抽動與最終射出時，那種快感眞是只打手槍所體會不到的。

「我先用手指進去喔。」

「嗯……」我點點頭。

Teddy用他的食指往我的菊門一插，整根指頭順著大量的潤滑液，沒入了我的後庭之中。接著，手指開始在穴裡進進出出，我好喜歡這種感覺。

「覺得如何？」

我不想再掩飾什麼，直接回答：「很爽！」

Teddy笑了，那是滿意且自豪的笑容。他將食指換成中指，再換成大姆指，持續地深入我的密穴。但指頭怎能比得上大屌？我腦中幻想著Teddy用他巨大的陽具插入我那空虛的屁眼，頂到我自己永遠碰觸不到的地方。哎呀！不知道會有多爽咧？

我努力張開後庭，歡迎著異物入侵我。我再也受不了，脫口喊著：「幹我！」

「等等，還沒到呢。」Teddy指了指筆電螢幕，照著G片裡的方式，打開假屌的電源，那玩意隨即發出嗡嗡的振動聲。

Teddy用假屌在我穴的四周繞圈，它的震動觸碰我菊花上的皺褶，簡直讓我幾乎招架不住。Teddy將圈圈縮小，把挑逗的中心集中在菊門附近。我等他好久，他卻遲遲不進來，如此心理與生理的玩弄，使我欲顛欲狂。

我再次淫蕩地喊著：「幹我!!」

Teddy如我所願，直接將假屌插入了我的後庭。

「啊！」我驚呼了一聲，從肛門口傳來的怪異感覺，使我身體強烈地收縮。

Teddy用手按住我的身體，說道：「放輕鬆，忍耐一下。」

我身體的收縮並不是完全因爲侵入的痛楚，而是因爲那冰冰涼涼、半軟不硬，又頻頻震動的假屌突然間插進我的屁眼，那是一種前所未有的奇怪感覺，使我身體出現下意識的後縮反應。但很快地，假屌的抽插與震動壓過了不安，我無法抑制自己的快感，嗯嗯啊啊地大叫起來。

片中的主角變換動作，用狗趴式讓跳蛋從後面進入。Teddy拍拍我的屁股，要我也這樣做。我乖乖順從，趴在床上，讓假屌再次從後方插入我的密穴。這樣的體位好像更容易頂到後庭腔室中的某個點，那是自己所玩弄不到的地方。假屌往前頂，我就叫一聲，還被布料所包覆的老二，分泌出更多淫水，和潤滑液混雜在一起，黏黏滑滑。

我盯著螢幕上的妖精打架，心裡直罵裡頭的主角：「你們是要不要開幹啊？我快受不了啦！」

我好想叫Teddy快轉，快點轉到眞槍實彈。

好不容易，墨鏡男收起了跳蛋，脫掉衣服。

我偷偷回頭看著Teddy，他也受不了，一下子就脫個精光，挺著那目測可能有十八公分的大屌朝我而來。

天吶！希望他能溫柔一點。

Teddy要我恢復躺姿，拿了顆枕頭墊在我的腰部，接著將我雙腿一扳，讓我的私密處完全暴露在他眼前。他握住大屌，用碩實的紫紅色龜頭頂了頂我的門戶，像是敲門一般。然後，「推」門登堂入室，要學那齊天大聖，大鬧天宮。

一個我從未經歷過的龐大異物，順著 Teddy 身體的形勢與潤滑劑的作用，直入我的菊門深處！

「啊啊！啊!!」

我瘋狂地叫喊。

Teddy 終於得到我的身體，奮力抽插。我的叫聲、他的大屌，還有不知是潤滑液或是淫水的濕濡感，又讓我想起白樂天《琵琶行》中的一句：「銀瓶乍破水漿迸，鐵騎突出刀槍鳴。」

我們效法G片裡的主角不斷地變換姿勢，一下子用狗趴式、一下子側躺、一下子我趴在床上，Teddy 整個人用伏地挺身的姿態，將陽具懸在半空中，直直地插進我的後庭深處。

「你的屁眼好緊！好爽!!」他一邊幹我，一邊大喊。

「我也好爽，你頂得好進去，我的下面好硬，一直流水。」

「我要幹到你射！」

Teddy 語音未落，又用力地捅向花園的深處。

我越叫越大聲，怕鄰居聽到，只得咬著抱枕，控制自己的音量。

我們之間的性愛不知持續了多久，片子裡的男優都已經射了，但我與他的第一次肉體交會，卻還沒完沒了！

Teddy忽然停了下來，拍了拍我的屁股說：「我們來玩一招剛剛片子裡沒有的吧。」

他抽出陰莖，坐到床邊，要我面向他坐到他身上。我用蹲姿面向他，Teddy扶住大屌，要我再蹲低一點，接著握緊老二，往我屁眼插入。

「唔。」我叫了一聲。

我將身體前傾向Teddy索吻，吸吮著他的舌尖，也感受火燙大屌對我的愛意。小Teddy在激吻的過程中不斷膨脹，幾乎要塞爆我的後庭。

「OK了嗎？」Teddy問。

我點點頭。

「用雙手勾住我的脖子，要勾緊喔！」

我聽Teddy話，勾住他的頸子。

Teddy緩緩站起身來，接著將腰桿挺直，我整個人懸在半空中，只有雙手環勾他的脖子，兩腿夾住他的髖部。

「啊!!」

Teddy開始扭動他的狗公腰抽插我。

「啊！啊！啊！」我們不顧一切地狂吼著。

事後，Teddy自豪地告訴我，這是最流行的「火車便當」，是很高難度的性愛姿勢，一號要有足夠的力氣才能辦到。

那懸空被插入的感覺，眞的好奇妙，一方面害怕會跌到地上，一方面後庭卻不斷遭到強烈的攻擊，他每一挺腰插入，大腿就會與我的屁股發出催情的啪啪聲。

房間裡充斥著我與Teddy的淫聲浪語，加上肉體撞擊所發出的聲響，猶如一首男體協奏曲，時而高亢激動、時而徐緩柔情，我們的身軀四濺著汗水與淫水，喊聲直衝雲端。最後我們回到傳統式的傳教士體位，Teddy一邊幹我，一邊用手幫我打。經過一連串性愛姿勢的洗禮，我們都早已瀕臨臨界點。我再也受不了陰莖跟後庭的雙重刺激，大叫著：「我要射了!!」

一道道白濁的精液，從我的老二狂噴而出，灑滿了我的腹部與胸口。

Teddy見我已洩洪，也加快抽插的速度，然後將屌一拔而出，拉開保險套，將他的精華與情慾，也傾倒在我的身上！

14

我怎麼也想不到，原本預期可能很痛的（與Teddy的）第一次，竟是如此爽快而且激情。在這次之後，我與Teddy的感情也和我與他的性關係一般，快速地增溫。他天天來陪我讀書，有補習時就載我到補習班上課。我們如同一般情侶，有時也無法忍受突來的激情，不擇地方地就上演活春宮，如速食餐廳的廁所、臺中公園的陰暗處，甚至路旁的小巷子，都曾有過我們的蹤跡。我也沒忘記自己的初衷，雖然談戀愛，卻也認眞讀書，成績表現還算可以。唯一讓我覺得疑惑的是：Teddy不太喜歡讓我到他家去。有一次我替Teddy收拾房間，竟挨了他的罵，要我別亂動他的東西。當時我覺得很委屈，就只是幫他收拾桌上的雜物進抽屜，卻惹來他的一陣憤怒。我不明白Teddy爲什麼那麼敏感，就我認識他這段時日對他的理解，他就是個大而化之的人。我暗自尋思，總覺得Teddy的心裡好像還有一塊我不理解的祕密花園……

但我沒有時間精神想太多，反正Teddy還是那麼殷勤，我每天則過著一成不變的生活。日子過得很快，時序一下子就進到了二月，舊曆新年的腳步漸漸逼近了。補習班宣布過年放假的消息，假期是從除夕到初三，小泓說他要回南部過年，所以要我在上完過年前最後一次、也是在除夕前一天小年夜的補習班課程後，就可以回家過年了。離家半年，這還是我頭一次能夠回家，自然覺得很興奮。我早早就買好了火車票，每天一早起來就是在月曆上畫上紅斜線，心想著又少了一天，回家日子也就近了一天。

我問Teddy能不能跟我一起回臺南，他卻說隔天有事要留在臺中處理，但可以載我到火車站坐車。我問他：「隔天就除夕了，還會有什麼事？」

Teddy回答：「我得去找報告要用的資料。」

他的事我很少干涉，就算問了他也認爲我不懂，不是太想說。Teddy雖然話很多，但他只講「他覺得我聽得懂的話」，所以我也沒再問，就由他去吧。

由於有五天的假期，性慾強大的Teddy在載我去搭車之前，還帶我回家翻雲覆雨。完事後，他滿足地送我到火車站，目送我進去。

小年夜的火車上滿滿的都是人。幸虧我有提早買票，不然可能會沒車搭。

我坐在靠窗的位置，身旁是一位年約四、五十歲的中年男子。我有時拿出補習班講義來看，有時則看著窗外的風光，耳朵聽著Teddy買給我的聖誕禮物——一個MP3隨身聽。當初Teddy送我時，我不好意思地一直推辭，因爲他也是學生，雖然有在學校兼差，但閒錢畢竟也不多。但牡羊男的個性就是不達目的絕不罷休，軟硬兼施地要我收下，我只好恭敬不如從命。

火車到站已是傍晚六點多，車站外已是華燈初上。出乎我意料的是，來接我的並不是父母親，而是**他**。他對我說母親在家裡煮飯，所以叫他來載我。我點了點頭，他將安全帽遞給我。

許久不見，他變了。身上的穿著一看就知道是從臺北回來的大學生，不再像以前一樣，和我一同穿著母親從鎮上買的普通衣服。他也戴起了隱形眼鏡，留著棕色的微捲頭髮，與我的差異更大了。不過這也不是壞事，至少親戚們在看到我們的時候，不會再分不出誰是誰了。

在返家路上，我們多數時候都是默然無語，只有他開口問我在臺中過得如何，我簡單回答：「還不錯，那你呢？」

「也還好。」他的回答比我更簡單。

外表雖然變了，但他個性看起來沒變，和以往一樣冷峻、陌生。不知道這次他看到我，心裡是怎麼想的？我猜，應該還是與以前一樣，覺得我是個沒什麼用的「哥哥」吧！

機車轉進巷子裡，熟悉的景象有如停格一般，與離家時完全一樣。他將車子停下，從外套口袋裡掏出鑰匙，伸進斑駁紅色鐵門的鑰匙孔中，轉了幾轉。老舊的鐵門發出「喀啦、喀啦」的聲響。推開門，那再熟悉不過的「軋軋」聲響起。這熟悉的聲音，摻雜著許許多多的回憶。還記得小學二年級只上半天課的我們走路回家，看著電視，肚子卻餓得咕嚕叫，那時最期待的就是鐵門的軋軋聲響，因爲那代表阿嬤送午餐來了。阿嬤很疼我們這對雙生孫兒，每天的菜色總有著多種變化，唯一不變的是我最愛吃的菜脯蛋。吃完午餐後，阿嬤會哄我們睡覺。我們總是一人躺在阿嬤一邊大腿上，我最愛暗數著阿嬤花布裙襬上一朵朵艷麗的花兒。「一、二、三、四、五……」猶如徜徉在美麗的花園中，五顏六色，迷迷濛濛。

這門像是有生命一樣，每個人推，都會發出不同的軋軋聲。母親的力氣比較不夠，聲音總是斷斷續續。父親的軋軋聲若是急促，就表示他今天在外面又不順利了，不是欠的工程款沒收到，就是工人出紕漏。不過老爸的優點是，怒火只會維持到吃完晚餐，因爲用餐時間就是他的發牢騷大會。一家人只有**他**敢用「要讀書」、「要考試」的理由提前離席，我跟母親一定得聽老爸把怨氣發洩完畢，才能離開餐桌。若是軋軋聲快速又堅實的話，就表示老爸今天過得順利，我們的耳根子就會清淨許多，搞不好他還會帶盒在黃昏市場買的生魚片給家人打牙祭。

至於**他**的推門聲呢？我覺得他就像隻貓，躡手躡腳地。他推門的聲音極小，不注意聽有時眞會聽不見，我就有好幾次被他突然推開的紗門嚇了一大跳。看到我被嚇到的反應，他臉上雖是一副事不關己的表情，心裡肯定在偷笑。

不知道我的推門聲又表現出什麼個性呢？

進到客廳，早回來的老爸已坐在藤椅上看電視，一見到我們就呼喊廚房裡的母親。

母親見到我就緊緊握住我的雙手，眼淚止不住地亂掉，嘴裡不斷說著：「唉唷，攏消瘦落肉啊，這攏轉來，媽媽愛好好共汝補補咧。」

晚餐桌上擺滿了大魚大肉，簡直比年夜飯還要豐盛，母親一直夾菜給我，父親也不斷說這個好吃那個好吃，要我多吃些。躲在父母親的熱情邊上的他，仍然一副「不甘我的事」的表情，悄悄地吃他的飯、夾他的菜。

我猜想，他或許有些吃味吧。原本父母親的關愛都在他身上，現在跑了一些到我這裡來，今天換他被冷落了。

我突然覺得有些開心。

接下來幾天，就是過年的例行公事：大掃除、年夜飯、回娘家。我有很好的理由可以逃開這些公事，就跟往年他的藉口一樣。去年的親族交際，他推說要準備學測，完全不出門，讓我一個人跟著父母去聽那些酸不溜丟的屁話。以前親戚們要比賽，小孩成績都比不過他，去年他沒出現，親戚們終於有個自己小孩能大勝的對手了。回到家裡，我憋了一肚子鳥氣也就算了，還被父親痛罵一頓。今年可就不一樣啦！換我不想去跟親戚們應酬，因爲——「我要讀書」。

匆匆過完了年，到了該回臺中的時刻了。由於寒流來襲，吃完午餐出門時，外頭的天空變得陰沉沉，強勁的北風在空曠的嘉南平原上呼嘯，吹得我一動都不想動。但火車是不等人的，再怎麼不願也得穿好衣服、收拾好行李，乖乖回臺中。

踏出家門的那刻起，也宣告我的新年假期結束了。補習班開春第一堂課就在今天傍晚。父母親開車載我到車站搭車，接著上演的就是依依不捨的場面，母親不忘叮嚀我要好好吃飯、衣服要穿暖、別熬夜太晚。而父親則拿了兩萬塊塞給我，要我拿去臺中用，當然我得不免俗地跟父親玩起那「收啦」、「莫啦」這種臺灣人的習慣動作。最後錢還是被塞進了我的口袋裡。至於他，應該是窩在家裡看電視吧。他半個月後才開學，還有很多寒假日子可以享受。

我上了火車。雖然初六才正式收假，但車上已有許多北返的旅客。我找到靠窗的位置坐了下來，身旁已坐了一個正在聽隨身聽的年輕女子。我望著窗外，心裡想著，有了兩萬塊的紅包錢，今天補完習去一中街買個小禮物送Teddy好了。他在昨晚的電話裡說要過幾天才會回臺中，這樣剛好可以給他一個小驚喜。平日與Teddy相處，總是吃他用他的，挺不好意思，不過要買什麼送他，倒還沒想到。

正在思考的同時，手機響了。Teddy來電。

「你上火車了吧？」Teddy問。

「對啊。」

「人會很多嗎？」

「還好耶，沒有回來的時候多。」我接著問：「你人現在還在左鎮家裡嗎？」

「對啊，大概過個兩三天才會回臺中吧，有親戚來。」

「是喔，那麼好，我放假都還沒放到爽就要回臺中了…唉……」

「沒辦法啊，你現在正是關鍵時期，忍一下就過了，再過幾個月考完試就解脫啦。」

「這倒沒錯，我一回家看到我弟的臉，讀書的精神整個都來了。」

「哈哈哈。」Teddy 緊接問：「你是五點補習嗎？」

「對啊，我下車就直接先去補習，晚上再回去。」

「嗯，那小泓回來了嗎？」

「好像還沒吧，這幾天他手機都沒開，我聯絡不到他。」

「是喔，那你路上小心喔，我下午要陪親戚去臺南看電影。」

「那麼好啊……有電影可以看，我都沒有……」

「唉呀，沒辦法嘛，表弟妹來……下次再帶你去看啦。」

「你說的喔，不要到時又『哭爸』說你沒錢。」

「不會啦，過完年口袋裡總是會有比較多鈔票。」

「但照你這樣的花錢法，我看沒幾天又花光了。」

「唉呀，你很小看我的節省功夫……」

情話綿綿時總是會忘了時間的流逝。依依不捨掛掉電話，火車已馳過嘉南平原，也過了斗六。

※

到了臺中，隨意吃些東西，趕到補習班上課。沒想到補習班說老師出國，要我們自習，八點就可以走了。下課後，我到一中街上買了兩件有著同樣圖案的長袖上衣，還有兩個彩色手環。我跟他一人一件衣服、一個手環，穿出去正好是情侶裝。搭上公車，到站時還沒有九點。我走小巷，抄近路，想要早點回到溫暖的臺中房間。

我一邊快步行走，一邊想著：「不知道Teddy看到禮物，會有什麼反應呢？」

這時，我的臉上應該帶著既滿足又羞赧的微笑吧。

正要走進社區大門時，路旁突然有台摩托車吸引住我的目光。我停下腳步，走到車子前端詳了一下。奇怪，這不是Teddy的車嗎？他不是在臺南嗎？

一股莫名的恐慌突然升起。我走進大門，穿過中庭，坐上電梯到八樓。家門口正對著電梯出口，電梯門打開的剎那，映入眼簾的是門口一雙醒目的紫色帆布鞋，那是Teddy常穿的鞋子之一，小泓的鞋子也在！不安的感覺已蔓延到我全身上下每個細胞，我天真地告訴自己：「他們或許……只是或許，在客廳聊天吧！」

我在門口停下腳步，沒有直接開門。門縫裡沒有光線透出，表示客廳沒人。

我小心翼翼地打開了門，躡著手腳不發出一點聲響進到客廳。

家裡黑暗一片，除了些許燈光從小泓沒關好門的房間裡洩露出來。我沿著光線的來源，悄悄地走近，才向前走沒幾步，房間裡傳出的聲音已被我聽得一清二楚。

那是男人做愛時的淫叫聲。

我差點喘不過氣來，用力拍打胸口，緩和情緒。約莫過了半分鐘，我站穩身子，再次走向小泓的房間。

透過門縫，我看到的是面向我的小泓，他一絲不掛，張開著雙腿，一臉淫樣，正在享受被插入的快感，口裡不時發出咿咿呀呀的浪語。

而背對著我幹小泓的人，燒成灰我都認得，他是Teddy！

我的腦中一片空白，兩耳嗡嗡地叫，兩腿一軟，幾乎跌坐在地。

沉浸在性愛歡愉中的兩個男人沒有發現我的存在，但我也無法上前「抓姦」，畢竟我還得在小泓家裡住下去。於是，我輕輕關上門，拿起放在門邊的背包，按了電梯。但電梯卻一直停在一樓，我無法再等，一個轉身就衝下電梯旁的樓梯。

我完全不想在那淫窟般的公寓中久留。

我衝出社區，跑在街上，此時我的眼淚早已奪眶而出。

「薛宗興，你是招誰惹誰了?!他爲什麼要這樣對你?!」我在心中瘋狂地大喊。

我無法思考，也無法理解，爲什麼會發生這種事？

我在隆冬夜裡奔跑，不斷滑落的熱淚，接觸到凍寒的空氣，一下子就冰冷如霜，從我的雙頰直落在深沉的夜間。

我一直跑、一直跑、一直跑，跑到兩腿發軟才停下脚步。路旁剛好有個小公園，我走了進去，頹然坐在空無一人的鞦韆上。

在臺中的我，除了房裡的兩人外，沒有任何熟識的人。我是多麼愛他，又是多麼相信他，以為自己得到了幸福，到頭來卻是個被玩弄的傀儡。他分明就是小泓的男朋友，卻用一堆甜言蜜語來矇騙我這個不解世事的小鬼。我還真是笨啊！早就該想到，一個條件如此優質的男生的愛，怎麼可能讓我這個蠢小孩白白得到？愚蠢的我，被騙了三個月，身體給了，心靈也奉獻了，換來的只是個不名譽的稱謂——第三者。

想到這裡，我的眼淚又不由自主地落下，還好月黑風高，沒人看到我的醜態，我可以大哭特哭，徹底發洩。

我回想著Teddy這些日子來的甜言蜜語，還真有些蛛絲馬跡可尋。他不要我幫他整理房間，更不准我動他的電腦與手機；要出門約會只有他單方面約定，我不能自己去找他；我每次找不到他，他都推說學校有事，手機不開就說是在上課或在圖書館做報告。其實呢，他根本都是在跟別人做愛!!

要是我機靈一點就好了，早些發現穆泰儀先生的真面目，下場也不會落得如此悽慘。我只是個被初戀沖昏頭的鄉下蠢小孩罷了！只是這初戀，也太不堪了！

我又哭了許久，想到了就哭，哭完了又想。我的雙眼腫脹，鼻腔全是眼淚鼻涕，再加上冷風一吹，幾乎無法呼吸。

看了看時間，已是十點了。我想他們應該知道我補習到九點下課，現在已經收拾好離開了吧。

我慢慢起身，走到公園昏黃的路燈下，拿出背包裡剛買的手環，反覆看了看。我努力控制淚水別再滑落，右手則緊緊捏住那只手環，就像要掐死那個背叛者一樣。手環在我的緊捏下扭曲變形，我狠狠將它甩往公園旁的草叢，沙沙兩聲，結束了那對手環與我的短暫關係。我又拿出放衣服的提袋，放在垃圾桶旁，也許可以給有需要的人吧。我也把隨身聽一併放進提袋裡，雖然我很喜歡它，但我不想留下任何令我痛苦的東西。希望它的新主人也可以跟我一樣珍惜。

我離開公園，想徹底把對Teddy的感情拋在身後。這場短暫的情感，就這樣結束吧！到家樓下，Teddy的摩托車已經不在原來的位置。上了樓，打開門，小泓坐在沙發上看著電視，一臉滿足的表情，根本不知道剛才被幹的淫樣已被我看個一清二楚。

「唷，你回來啦，新年快樂！」小泓面帶微笑向我打招呼。

我一聲不吭，只是低頭快步穿過客廳。我怕小泓看見我臉上淚水的痕跡，也不想與他交談。我躲進房裡，把門反鎖。

「怎麼啦，怎麼不打招呼？」小泓跑到我房門外問。

「沒事，我有點累，人不太舒服，想睡了。」

「是嗎？有怎麼樣要跟我說喔，最近天氣很冷，感冒的人很多，要注意身體。」小泓很關心我。

我冷冷地回應「嗯」，就不再說話。

我的心中當然是憤怒的。我在心裡喊著：「葉祈泓，你跟穆泰儀幹得這麼火熱，一點都不會冷吧！」

我將背包拋到床上，頹然呆坐在書桌前，心頭頓時生出一股厭惡感。這房子簡直就是魔窟淫洞，那兩個人趁我不在時在房間裡相幹，嗯嗯啊啊喊得震天價響，簡直噁心至極。最可惡的是脚踏兩條船的穆泰儀，在這房子裡捅小泓，再把我帶回他家捅，未免也太爽了吧！

只是，憤怒又能怎樣呢？仔細想想，小泓或許是無辜的，他這麼愛乾淨，絕對不可能容許Teddy做這種事。這麼說來，小泓也是苦主，甚至比我還可憐，因爲他到現在還被矇在鼓裡，什麼事情都不知道。

想到這裡，我恍然大悟，事情的脈絡全都清楚了：

最初與Teddy的相遇，其實是他半夜跑來找小泓，才會撞上沖完澡的我。我到小泓家的第一晚，與小泓在電話裡吵架的應該也是Teddy。因爲Teddy跟小泓有一腿，才會知道小泓要去教召，早早就準備好車票要帶我回左鎮。Teddy常常批評小泓，看來他和小泓的感情早已有問題，而我恰好變成Teddy在情感、肉體上的替代品。只是我什麼都不能說，如果說了，難保小泓不會一怒之下做出什麼不理智的事情。

想到這裡，我手機忽然震動了起來，來電顯示是：Teddy。

15

我放任手機不斷震動，直到它靜止。但過沒幾秒鐘，它又震動起來，我仍然不接。我不想接他的電話。與他說話，只是徒增我的痛苦而已。

我關了燈，躲進被窩裡。

在幽暗中，我無法不回想今天發生的事。Teddy那滿是笑容的臉，竟出現在我眼前，揮之不去。我嘲笑著自己的愚蠢，又哀憐著自己的單純。我是犯了什麼錯，竟然落得跟自己的表舅兼老師共用一個男人？我好孤單，一個人獨自到臺中來，本以爲從此有個伴可以在一起，可以互相關懷，傾吐心事。如今的我，卻又成了孤單一人。我的靈魂在虛空之間流動，找不到任何東西可以依靠。

浴室門口、速食餐廳二樓、深夜的鄉間道路、左鎭的房間、Teddy的狗窩、姦夫的淫窟、冬夜的公園，這些場景猶如跑馬燈，在我腦海裡一幕幕地播出，記憶也隨著一滴滴的淚水，落在枕頭上，直到天明。

我忘了何時睡著的，全身倦怠地從昏睡中醒來，腦袋沉重不堪，喉嚨連吞口水都覺得刺痛。我撐著疲憊的身體起身，走到桌邊，拿起手機一看，螢幕上顯示著誇張的「

34通未接來電」。

而簡訊有五封。我將它打開來看，裡頭寫著：

「你在哪裡?有看到的話回我電話，我好擔心。」

「那麼晚了，你回到家了嗎?看到簡訊拜託回我電話，我真的很擔心。」

「你睡了嗎?拜託接一下電話好不好?」

「我想你睡了，你在生氣嗎?如果有看到簡訊，回通電話給我，告訴我到底哪裡做得不好，讓你生氣了。」

「拜託回我電話好嗎?我快哭了。」

Teddy不愧是說謊高手，連哭哭啼啼都用上了。

我沒理睬，只是轉身開門出了房間。小泓也在房裡看書，一聽到我的開門聲，便轉過頭來看著我：「早啊，昨天你是怎麼了?」

我試著發出聲音，沒想到嗓子全啞了，勉勉強強才擠出「有些不舒服」這五個字。

「你怎麼聲音變成這樣?」

小泓連忙起身走過來，用手摸了摸我的額頭。

「好燙，你發高燒了。我帶你去看醫生!」

我不好意思麻煩他，忍著疼痛說：「不用…我休息一下就好了……」

「你臉色很難看，又發高燒，一定要去看醫生!」

小泓回到房裡拿出外套套上，再到我房間拿了毛衣與厚外套要我穿上。

這時的我已經因爲高燒而意識模糊，只記得醫生替我打了一針，要我回家多喝水、多休息。

回到家，小泓扶我回床上躺好，替我蓋了被子，倒了杯水，要我吃藥。

「休息一下吧，今天晚上的課我會幫你請假。如果有什麼不舒服，就叫我一聲，我今天不會出去。」

「謝謝……」

小泓的個性雖然有點龜毛，也過分地愛乾淨，但他對人眞的很體貼，這或許是Teddy會想跟他在一起的原因吧。

我偷偷地將口袋裡的手機拿出來，四通未接來電。

還眞早，平常Teddy都要睡到快中午才起床，才十點就打了四通電話來，另外還有封簡訊寫著：「你應該起來了吧，看到的話打個電話給我，不管有什麼問題，可否在電話裡讓我知道，不要都不接電話也不回簡訊，這樣我會很難過。」

「難過？」我心想：「眞好笑，我比你難過百倍都沒講話了。」

我索性關了手機電源，把它丟在床鋪的另一側，轉過身去，閉上眼睛休息。感冒藥的威力很快就發揮出來，沒多久，我便沉沉睡去。

這場急來的重感冒，讓我整整病了三天。三天中我時睡時醒，意識也不很清楚，只知道都是小泓來叫我吃飯、喝水和吃藥。小泓說爸媽得知我生病的消息，急著想上來臺中看我，但小泓大概是怕爸媽責怪他沒把我照顧好吧，對他們說我的情況有好轉，要他們不用太擔心，他會好好地照顧我。但母親還是寄了一堆成藥和雞精之類的東西上來，要小泓強迫我喝。看著郵差送來的大紙箱，裡頭成堆的東西，大病初癒的我也只能雙手一攤，一臉無奈地看著小泓。

我退燒了，元氣也恢復不少，除了偶爾咳嗽以外，生活已恢復正常。這天下午我上了過年後的第一堂課。小泓看起來心情不錯，一口氣連講了三篇國文，還要我寫一些社會科的考卷跟參考書。

看著小泓的側臉，我壓根想像不到小泓竟然喜歡男人，只能說他偽裝得很好。小泓電腦桌面放的是酥胸半露的美女圖，看電視時也會說哪個女明星很正、身材很好之類的話。結果咧，他不但是同志，還是個〇號。想到這裡，我腦海浮現出小泓被幹時那張欲仙欲死的臉，跟平日的正經相比，還眞有些滑稽。

其實我哪有臉笑小泓？自己被Teddy幹時的表情，搞不好比他還誇張！

小泓的課上到五點，就下廚煮麵去了。吃完了小泓的美味湯麵後，我背起背包，出門補習。踏出家門時，天色依然微亮。我趁著夜色降臨之前，先到小公園繞了一圈。裝衣服的袋子早已不見，那對手環當然也不知到哪裡去了。

我只待了一下，便走到街口公車站牌。公車一會兒就到了。在車上，我打開這幾天未開機的行動電話。線路一接上，一大堆簡訊就湧了進來，塞爆我的收件匣。不用看也知道是誰傳來的，內容都差不多，什麼「我好想你」、「我很擔心」、「聽說你生病了」之類的句子。比較有意思的是今天中午傳來的這一封，裡頭寫著：「第四天了，還是沒有你的音訊。聽說你好像得了重感冒，一定很不舒服吧，我好心疼，要多多休息喔。你今天會去補習嗎？不管你會不會去，我九點會在樓下等你出現。愛你的Teddy。」

不出我所料，Teddy果然會來堵我，他就是那種把一切都算計好的人，不達目的，絕不罷手。

我把簡訊刪了，告訴自己說：「薛宗興，你的目標是要考上大學、是不想要再繼續丟臉下去。Teddy既然對你不忠，你也不需要再對他有什麼留戀，爲他哭泣只是白費力氣，早點把事情了斷，免得搞到連小泓都知道，那才叫難以收拾。他既然要來找你，就乾脆把話說清楚，讓他死了這條心。」

是啊，跟他劃清界線，讓他死心。沒有Teddy，日子還是一樣照過不誤。

今天上的是數學，內容眞是有夠難懂，害我以爲感冒還沒好。只是下課之後更煩人的事才要開始。老師一說下課，我的手機立刻震動起來，一封簡訊寫著：

「下課了嗎？我在樓下等你。」

原本還跟同學說說笑笑的我收起笑容，匆匆下樓，準備好人生第一次的「分手談判」。我不知道Teddy還會出什麼怪招來挽救這段本來就不該有的感情，但我已經下定決心：無論如何都不能被他的花言巧語打動，因爲對他那種男人心軟，就是對自己殘忍。

隨著電梯一樓一樓地往下，我的心臟也撲通撲通地越跳越快。這心跳加速的感覺，竟與跟Teddy第一次在速食餐廳碰面時，一模一樣。

電梯開了，我抑制住心中的不安，走出補習班大樓。果不其然，Teddy就站在對街。眼尖的他一看到我，就跑了過來，擺出笑臉說：「終於見到你了，我好想你。」

我完全不理他，只自顧自地往前走。

他伸手拉住我的背包，跑到我身邊說：「到底是怎麼了，爲什麼突然那麼生氣？」

「可以放開手嗎？」我回過頭來瞪了他一眼。

「你告訴我爲什麼那麼不高興，我就放手。」Teddy仍緊緊抓住我的背包。

「你幹了什麼好事自己知道！」我大聲說。

「什麼事？我沒做什麼事啊！」他仍在裝傻。

「再裝就不像了！」

「我沒有裝啊！」

我又回頭看著Teddy，他一臉迷惑的樣子，讓我看了既生氣，又覺得可笑，心想：「怎麼會有這種人，到這時候還裝做什麼都不知道？」

「走啦，這裡很多人在看，我們到旁邊去講。」Teddy拉著我的手臂，走進一旁陰暗的防火巷裡。他把我推進巷子內，怕我跑掉，用高大的身軀堵在狹小的巷口。窄巷裡充斥著腥臭味，不遠的暗處，彷彿還有一堆蟑螂、老鼠在聚集覓食。

「阿興，你到底是怎麼了，可以跟我說嗎？」

「好吧！那我問你，你初四那天在哪？」

「我在左鎮啊。」

「是喔，那你怎麼晚上就急著上臺中？」

我看到Teddy的臉頰出現一絲抽搐，那是假面具被拆穿後，尷尬的抽搐。

「我不在臺中啊，你是在哪裡看到我了？」雖然面露心虛，但他嘴裡仍試圖狡辯。

我懶得再跟他說下去，把話挑明：「我在葉祈泓的家裡看到你！」

Teddy的臉色更難看了，原本傻笑裝無辜的臉，全垮了下來。

沉默了數秒鐘之後，他開口：「那，又怎麼樣？」

虧他能回嘴，我也不客氣地說：「就不要再往來了。」

他整個人突然往我的身體靠過來，伸手想摟住我的肩膀。我拒絕讓他碰到我的身體，往巷裡退了兩步。

「我真的比較喜歡你，會跟他在房間，是他一直不願意跟我分手，我只好逢場作戲。」

天啊！「逢場作戲」，我怎麼覺得好耳熟，好像犯緋聞的男明星和政商人物都會用這話來唬弄別人，要不要來句最流行的「我犯了天下男人都會犯的錯誤」?!

我冷冷地說：「我沒辦法接受你這種腳踏兩條船的男人。」

「不然，我明天就跟小泓說分手。」

「不用了，你可以繼續跟他在一起，你們兩個比較適合。」

「但是我眞的比較喜歡你，你也知道我跟他有很多問題，我眞的受夠他了。」

我直接大吼：「穆泰儀，你不用作賤我親戚來取悅我！他是個很好的人，不像你說的那麼不堪好嗎！」

「最好是啦，你自己還不是常常說他壞話。」

「說他壞話是一回事，但他對我很好，不像你，說人在臺南，其實是在我家跟我表舅做愛!!」

Teddy 的臉色難看到極點，原先不認帳的態度，倏然變成可憐兮兮的樣子，只差沒幾滴淚水在眼眶中打轉而已。

「拜託啦，再給我一次機會好嗎？」

「不用了，你可以再給小泓一次機會。」

「……」Teddy 語塞了。

「你跟小泓怎麼樣是你的事，我無法原諒的是你背著他又勾搭我。你如果眞的把我當一回事，那你就乖乖跟小泓在一起，別再肖想可以腳踏兩條船。」

Teddy突然大聲說：「我沒有腳踏兩條船，我等一下就跟他說分手！」

「你敢跟他分手，我會恨死你！」我吼了回去。

Teddy又靠過來，或許想用身體的接觸來逼我就範。我甩開他的手，轉頭往巷子另一頭的光亮處跑去。

Teddy伸手想拉住我，卻撲了個空。

巷子裡都是垃圾與汙垢，濕濕黏黏的，說是跑，還不如說在跨越一堆障礙物。

Teddy從我身後追了過來。他畢竟是打籃球的運動員，身手比起大病初癒的我矯健得多。我轉頭看他一步步逼近，腳下急著往前跑，眼見就要跑到巷子另一邊的出口，Teddy已追到我身後不到二十公分處，伸手一揣，抓住了我的背包！

Teddy口中喊著：「拜託你聽我說，不要跑！」

我用力地掙扎向前，他則死命抓著我的背包不放。

突然間「啪」的一聲，他的手瞬時放開。他好像踢到了什麼，整個人跌跪在地上。我後方的抓力頓時消失，趁此機會，我一溜煙跑出暗巷，混入一中街的車水馬龍中。

跑到街口，才發現我的白色毛衣兩袖已經沾滿了巷子裡的汙垢，脖子也不知道被什麼劃傷，有著兩條長長的血痕。我不敢逗留，隨手招了一台計程車就跳上去。我不坐公車，因爲怕穆泰儀直接騎摩托車跑到小泓家樓下堵我，還好有父親給我的錢，足夠坐計程車。

車開得很快，左彎右拐地就到了小泓家門口。我付錢下車，向四周張望，並沒有穆泰儀的蹤影，趕緊上樓。

進門時，小泓正在拖地，他看到我滿身髒汙地進來，有點吃驚地問：

「你怎麼了，怎麼衣服那麼髒？」

「剛剛摔倒了。」我隨便找個理由搪塞。

「該不會在補習班又發燒吧？」小泓放下拖把，走過來摸了摸我的額頭。「沒有發燒啊，冰冰的。」

「嗯……」

「唉呀，衣服先脫下來，我拿去漬劑先浸一下，不然這衣服就報銷了。」

我將毛衣脫下來，交給小泓。

「摔到連脖子也受傷了，你是怎麼摔的？」

「就滑倒了……」

「太誇張了，你走路也小心一點。」

小泓一邊碎唸，一邊把衣服拿到後面的洗衣機。我摸了摸脖子的傷口，還眞不小，熱辣熱辣地發著疼。小泓拿了醫藥箱來替我上藥，嘴裡還是邊唸個不停，簡直可以跟家裡的老媽比擬。

看著小泓什麼都不知道的單純神情，我心裡越發生氣。眞有股衝動，想在小泓面前把事情全盤托出。但是，講了之後麻煩會更多，只好硬生生地把話塞了回去。我開始覺得，Teddy 就是憑恃著我不敢向小泓說實話，才敢在三人矛盾關係裡肆無忌憚。

我向小泓道謝，轉到房間裡拿了衣服去洗澡。之後看了點書，吃了藥，準備上床睡覺。

躺在床上，我拿出背包裡的手機，裡頭不意外地又塞滿了一大堆的簡訊，裡頭內容不出：「你爲什麼要跑走？」

「我只是想理性跟你談談。」

「爲什麼不給我一個解釋的機會，我是眞心誠意的喜歡你，我對你的一切都是眞心的。」

「你只要再給我一次機會，我就跟小泓分手，全心全意地跟你交往。」

我不想看這些鬼話連篇，勉強回了封簡訊給他：

「有什麼好解釋的？難道我那天看到的是鬼嗎？我可以不計較你騙我的事，但我沒辦法原諒你背叛小泓。我不管你今後是要繼續跟小泓在一起或是跟他分手，我跟你已經沒什麼話好說了。不過，我想告訴你，小泓是個單純細心的男生，希望你不要再傷害他了。」

隔不到一分鐘，Teddy 回了簡訊：「就說我只是逢場作戲，小泓一直不肯跟我分手，我也很痛苦。我現在下定決心要跟他分手了，求求你再給我一次機會，至少跟我見個面，我們把事情講清楚。小泓的龜毛就是我受不了他的原因，我喜歡的是你的單純跟開朗，小泓太一板一眼了。我最愛你了，我希望我們繼續長長久久地走下去。」

我發了最後一封簡訊給他：「對啊，你就是靠著我和小泓的單純腳踏兩條船！你用不著在我面前講小泓壞話，小泓是怎麼樣的人我清楚得很！這是我最後一次回你簡訊，你以後不用再浪費時間金錢打給我或傳簡訊來了，我要睡了，晚安！」

簡訊發出後，我索性關了手機。我要讓這件事就此落幕。

躺在床上，閉起雙眼，讓自己從紛亂的情緒中脫離。我想著，再過幾個月就考完了，就能離開這個讓我生氣又傷心的地方。不管考得好不好，至少解脫了，自由了。

我甚至幻想著當我新生入學的那一天，當**他**發現我成了他同學時，他那訝異的神情……

16

驟起的午后南風，吹得臺南舊市區高大的椰子樹葉沙沙作響。暑氣配著濕氣，加上各種廢氣，灌入城市的中心。不管是誰，一被此氣掃到，必定汗水直淌。這就是南臺灣的濡熱，極致的熱。

考場裡的電風扇被開到最大，依然吹不走如蒸籠水氣般的溽暑。雖然這節考的不是國文，但我腦海裡卻浮現出小泓的樣子，他唸著文天祥的正氣歌，道貌岸然地說著那七氣是多麼讓人難以忍受，還說他當兵夏天的情況就跟文天祥關在牢裡沒什麼兩樣。其實，在這該死的考場裡，那諸氣併發的情景，我想也稍可與當時的信國公比擬。

好不容易終於寫完了地理科的最後一題填充，答案我毫不猶豫地填上「谷灣地形」。我半跑半走地離開那悶熱到極點的考場，走下樓梯。抬起頭仰望著蔚藍的天際，剛剛的燠熱竟然消逝無形。我享受著榕樹下的清風徐徐，耳裡聽著樹梢上的蟬鳴唧唧，就好像在對我鼓掌道賀般，恭喜我終於結束萬般辛苦的重考日子。

題目不難，各科我都算會寫，估計至少會有不錯的私立大學可以讀。陪考的父親聽了之後，開懷地笑了。原本以為這個兒子只會是當黑手或工人的料，沒想到經過一年重考奮鬥後，會有極大的機會成爲「大學生」。雖然現在大學生多如牛毛，但對父親而言，已是心滿意足。

心情愉悅的父親帶著我到市區吃日本料理。這是我們父子倆好久以來的第一次獨處。難得話匣子大開的父親，講了好多他工作和生活上的事。他說最近景氣差，嘉義以南的工作很難找，常常得跑到其他地方跟人家爭案子做，前陣子才去金門做了快兩個月的工程。

老爸再怎麼說自己，話題最終還是回到我們兄弟倆身上。他不厭其煩地說，希望我們兩個能好好讀書，畢業後找份好工作，他也就不必再做這種辛苦的工作，可以退休享清福了。

吃完晚餐回到家裡，滿臉笑容的母親端出一盤水果給我和父親吃。**他**不在家，聽母親說跟朋友也到市區去了。我想他不知道今天是我考試的日子吧。

回到房間，我總算可以大剌剌打開冷氣，脫個精光躺上床，把考試、補習、臺中、小泓、Teddy等等煩人的人和事，全都拋到九霄雲外去。

時過境遷，我也不覺得Teddy是什麼大壞蛋了，充其量不過是個愛玩的牡羊座男人罷了。還記得我狠下心來與他分手的那陣子，他還是死纏爛打不放手，偶爾開一下手機，資料夾不一會就被他傳來的簡訊塞爆。我怕他來樓下堵我，有一陣子除了補習以外就足不出戶，如果要補習也提前兩三個小時偷偷地出門。小泓曾對我奇怪的行徑起疑，我只好用一堆更奇怪的理由搪塞他，還好他沒追問下去。

在我堅持「不通電話」、「不回簡訊」、「不見面」這「三不政策」一段時間後，Teddy的簡訊量大幅降低，一方面可能是錢包負荷不了網外簡訊的高費率，另一方面大概是有了新歡。有了新歡就沒了舊愛，這是我對他的深刻認識。

剛鬧翻的那段期間，我偶爾會心軟：「Teddy好像眞的很在意我，我是不是應該再給他一次機會呢？」

但隨著他的態度飛快轉變，我才發現自己被他傷得有多嚴重。我爲他掉了好多眼淚，也曾在好多個夜裡輾轉難眠。越想越好笑，我在心中嘲笑自己的傻樣。自我嘲諷，也使感情失敗的傷痕越加淡然了。

剩下最後在臺中的日子裡，我偶爾會觀察小泓的神情。我蠻想知道Teddy是不是如他自己所說的，會跟小泓分手。小泓表面上看不出有一絲感情上的陰霾，依舊每天到學校教書，規律地進行自己的生活。

「或許他們兩個人還是繼續交往下去了。」我這樣想。

放榜前，我過著難得的少爺生活。父母出外工作，而他則是到新營街上的飲料店打工賺錢，家裡只剩我一個人，悠哉地過著漫長的暑假。不知道從何時開始，已習慣早上七點起床的我，又變回以前睡到中午才悠悠轉醒的人。

暑假的日子是輕鬆愜意的，除了吃飯睡覺，就是看小說。以前我只看漫畫，任何一頁超過一百個字的印刷品，我都拒絕閱讀。經過重考這一年的洗禮和小泓老師的潛移默化後，我不知不覺開始喜歡讀起文字來。在臺中的時候，我偶爾會向小泓借小說來看，到後來，小泓也允許我到樓下的租書店租漫畫以外的小說。我特別愛看有些歷史背景的小說，總覺得在時代浪潮中的歷史故事，非常令人著迷。回到老家的我，除了跑街上的租書店，也踏進一輩子從未去過的縣立圖書館，借了一些更深奧的文學作品回家。

比起情節多采多姿的小說，我的生活卻貧乏得要死，根本就是天差地遠的兩回事。我的生命中就只有父母，到了臺中就只有與Teddy、小泓之間狗屁倒灶的事，最後就是和**他**的冷漠相處。至於其他人，頂多就是嘻嘻哈哈、虛應故事，就像流星般，許多人在我的生命中出現又消失，不留蹤跡。

我越長大，卻越孤僻。現在的我很少去找以前玩在一起的同伴，就算見了面也話不投機半句多。我讀小說、看電視、玩電腦，活在自己一個人的封閉世界裡。或許是Teddy給我的傷害，我變得不太相信別人，覺得與其他人接觸實在太麻煩了，還不如躲在房間裡，一個人自由自在多了。

※

日子過得很快，放榜的日子到來，我出乎意料地拿到了超高分，是我這輩子從未想像過的高分。到補習班去做了落點分析後，他們說我可以上政大或師大……

天吶！打死我都想不到我竟然可以取得這兩所學校的入學資格！

這下子，我更是趾高氣昂了，尤其是跟**他**打照面時，我的眼睛跑到頭頂，下巴揚起，睥睨著。「哼！怎樣，我跟你也差不多吧！」我在心中對他說。

雖是如此，我還是不懂他在想什麼，就算他知道我可能變成他學弟，他還是完全漠然。母親叫他教我怎麼填志願，他卻冷冷地回答：「我哪會知影安怎填？叫他去問補習班就知影啊。」

他就像素有威名的老將，擁有崇高的地位，連老媽的問話都可以不甩。這種事若發生在其他家庭裡，父母可能連棍子都拿出來了，還由得他說完話房門一甩就沒事嗎？他的不友善，讓我更想在他面前炫耀，少數的幾次談話，我們相互嗆聲的情況也越來越多。

譬如某一天早上，母親在出門工作前囑咐他要餵後院養的小雞。他跑來敲我的門，說上班來不及了，要我去餵。當時我睡得跟死豬一樣，根本沒聽到。等我睡到中午醒來，吃完午餐看完電視，要到屋後上廁所時，才赫然發現沒水喝的小雞們已被毒辣的陽光曬得奄奄一息。

我七手八脚地把小雞弄到屋簷下，但脫水的小雞早已回天乏術。傍晚母親下班回家，七隻小雞已經死了五隻，另外兩隻也不知道能不能撐過今晚。母親看到慘況後，痛罵了他一頓，但他卻把責任推給我，說他有交代我。我回嘴說根本沒聽到，他卻說我有回答「好」。我們吵了起來，母親也加入了爭執之中。

這場鬧劇直到父親出聲喝止，我們才安靜下來。

他臉色難看地轉身離去。甩上房門前，撂了一句：「不要以爲考得好就不用做事啦！」

我在門外回嗆：「當初你放暑假還不是都沒做事！」

這場爭吵後，我和他一個禮拜都沒說半句話，關係差到極點。

在等待學校揭曉的幾天裡，我偶爾還是會忐忑，覺得自己沒辦法錄取好學校。不過再想想，他或許也有些不安吧，說不定我的校系比他更好，或是眞的成了他的學弟。這樣，他無法再高傲，也無法再壟斷一切的讚美。

「我也不想成爲他的學弟！」

放榜的結果總算吹散了忐忑的迷霧，結局是以我的狂喜作收：我考上了師大——國立臺灣師範大學，這以往我不曾想、也不敢想，有如天堂一般的學校，再過不久，我竟要成爲她的新鮮人了！

這事在村子裡一下子就傳開來了，親戚朋友打來恭賀的電話不斷，村長還差點來我家門口貼紅紙。說實在的，這年頭大學不算難考，也用不著這麼大張旗鼓地宣傳。不過這事已足夠讓老爸老媽在鄉里親戚間揚眉吐氣了，家中兩個孩子都考上一流的國立大學，就算工作再辛苦也要拚了命賺學費，好讓兒子們都能讀到大學畢業。

父親笑、母親笑，我偷偷暗笑，在家中唯一板著臉孔的人只有他。他在八月中就收拾行李說要上臺北，母親叫住他，問爲什麼那麼急著回去，他說學校社團有事，要先上去處理。

我坐在客廳裡翹著二郎腿看電視，一面側耳偷聽母親跟他的對話，心想：

「社團？我看是心裡容不下我在他面前猖狂，乾脆溜回臺北，眼不見爲淨吧。」

當天晚上，父親將我們兩個叫到跟前，語重心長地說：「恁兄弟仔毋通安呢結氣，兩个人攏是爸爸媽媽的心肝肉。仝一个老父老母生出來的囝仔，那欸這袂合，逐天攏在互相冤家、互相唱拄（給對方難堪），安呢敢好？」

他搶先回答老爸的話：「無啦，阮只是小可（少許）時陣會冤家啦……」

「敢安呢？爸爸看恁互相無講話已經幾若年啊。毋是爸爸媽媽毋知恁兩個的問題，是阮無愛講出嘴而已。恁攏大漢啊，嘛只有互相一個兄弟而已，毋通擱安呢囝仔性，愛互相幫贊、互相痛疼，莫看著就親像冤仇人仝款。」

我跟他多年來不曾攤開的心結，在這晚被父親點破了。

父親又說：「阿廷，恁哥哥考著師大，汝嘛應該愛替伊歡喜，伊重考眞辛苦，汝嘛毋是毋知影。」

他低著頭玩著手指，一語不發。

父親說：「恁哥哥九月也欲去臺北讀册，爸爸敢通拜託汝稍照顧一下，帶伊去四界踅踅（逛逛），熟識臺北的環境，有閒時陣佮伊作伙呷一頓飯，安呢敢會使（可以嗎）？」

「嗯……」面對父親的懇求，他沒有拒絕的理由，只是點了點頭。

父親又轉過來對我說：「阿興，汝是阿兄，愛稍讓一下小弟，毋通逐擺擺刁工（故意）欲佮伊相爭。」

「嗯……」我做了同樣的回應，只是心裡並不這樣想。我心底眞實的聲音是：「拜託，我才比他早三分鐘出生，這樣也要當大哥讓小弟嗎？而且最好是我每次都故意要跟他作對啦，明明都是他先找我麻煩。」

父親又說：「汝若上臺北，愛定定（常常）及汝小弟聯絡，毋捌（不懂）的代誌就問伊，知無？」

「知啦。」我說。

「知就愛去做，莫互爸爸媽媽煩惱。」母親在一旁幫腔。

一直低著頭聽父母叨唸的我，斜眼瞧了他一下，他竟也同時轉過頭來偷瞄我。

一發現對方在看自己，我們立刻將頭撇開。

這眼神短暫的交接，完全顯現我與他之間的矛盾。一對雙胞胎，卻連眼神交會都有困難。這情況，不悲哀嗎？

17

隔天是禮拜日，外頭高溫三十四度，母親竟然叫我載他去搭火車。

「我是招誰惹誰啊？有那麼多班車不坐，偏偏買中午一點的，是想熱死我嗎？」轉念又想，這也許是母親故意讓我們有機會可以親近，但也不用著在大中午吧，光是流一身汗火氣就上來了，怎麼親近啊？

雖然機會出現，但我與他依然沉默不語。我悶著頭往前騎，直到火車站映入眼簾，他才總算打破無言的僵局，對我說：「其實，師大那裡蠻熱鬧的，在臺北市中心，附近有商圈，搭交通工具都很方便。」

「嗯……」我對臺北的一切都不懂，只好用簡單的回應來答覆他突然的這串話。

他又說：「政大比較靠山區，除了動物園和貓空沒什麼東西，不像你們師大那裡比較多好玩的。」

「嗯……」

然後又是一陣沉默。

他提著行李走上車站臺階，頭也不回地走了。

看著他的無聲的背影離去，原本從喉頭湧出的「再見」二字，硬生生吞了回去。其實，昨天父親的話震動了我。我應該先釋出善意，但是我不知道該對他說什麼。就算想說些什麼，卻連「開口」都有困難。我逃避地告訴自己：「憑什麼要我先開口？爲什麼他不先開口示好呢？」

我總是把許多自己辦不到的事歸咎於他。

他走了，我生活裡少了一絲情趣——不但少了翻白眼的對象，也少了斜眼偷瞄的人。家裡的電視、電腦跟遊樂器又變成我禁臠，現在的我擁有充滿孤寂感的自由空間，這種自由，一點也不暢快。

他走了，另外一個他卻出現了。某個夜晚，我的手機響起，來電那方是久違的「Teddy」。我回想了一下，Teddy從四月後就不再發簡訊或打電話來，這通來電是他時隔一百多天後，再次打來。

反正都已經回臺南，也考上大學了，沒什麼好再逃避的，我順手接起電話。

「喂。」電話那頭傳來那曾經熟悉現在卻陌生的聲音。

「嗯……」

「恭喜啊，聽說你考到師大。」他的消息依然靈通。

「嗯……」

「現在你可是比我強的名校生了。」

「嗯……」

電話那頭的 Teddy 感受到我的冷淡。

「怎麼都一直『嗯』，還在不爽我嗎？」

「沒有啊，沒有不爽。」

「我只想問你最近過得好不好。」

我在心裡罵道：「『過得好不好』？穆泰儀！這大半年來你一點長進也沒有，爲什麼你的嘴裡能說出這種白癡的話？想示好就直說，何必在那裡假裝關心我？」

我繼續漠然以對：「還不錯啊。」

「哪時上臺北？」

「九月初吧。」

「有空可以出來吃個飯。」

「嗯，等有空吧。」

「嗯……」一向多話的 Teddy 也語塞了。

「那還有什麼事嗎？」

「沒了……」

「那，byebye 囉。」

這不像平常口才便給的 Teddy。以往的他應該還會死纏爛打下去，今天的他卻好像變得木訥，講起話來呑呑吐吐的。我在心裡猜想：「這傢伙不知道又在打什麼歪主意？」

他並沒掛電話，而是接著說：「嗯，我想跟你說，我和小泓分手了。」

我有點想問「爲什麼」，但我不想多說。裝作不意外的樣子，對他說：「是喔。」

Teddy 發現我連這件事也不感興趣，自討沒趣，只道了聲「byebye」便掛了電話。

我放下手機，閉上雙眼，躺在床上，嘗試整理縷縷繁複的思緒。

突然間，靈光一閃，我終於想到了。

我發現橫亙在我與他人關係之間的高山，不是別的，正是「冷漠」。

我的冷漠讓我跟沈慶瑜越離越遠。我用冷漠阻隔沈慶瑜，讓他對我的熱情完全消退，而我對此毫不在意，只是覺得省了很多麻煩。如今回顧往事，我的冷漠竟讓童年好友就此形同陌路。

我的冷漠也讓我與父母的關係向來疏遠，直到父親在我考完後對我說出那些掏心的話，我才發現父親已是滿頭白髮，正在拚盡他人生最後一絲氣力，努力賺錢好讓我們兄弟倆完成學業。

我的冷漠，更讓牡羊男 Teddy 用盡如太陽般的熱力。

仔細想想，當你打了上百通電話、發了上百封簡訊，而對方一直躲著你、逃避你，不管是誰，都會熱情減退。

我的冷漠，讓我連對最親的雙胞胎弟弟說聲「再見」都不敢。

悲憐之餘，我開始思考著能否有所改變。

剩餘的暑假過得很快，轉眼間就到了九月的第二個禮拜。再過幾天就要開學。父親到公司去借了廂型車，專程載我上臺北。

這是我第二次離家，不能說沒有遠行的惆悵，但比第一次離家多了些期待、緊張且興奮的情緒，不斷想著開學後可能發生的新鮮事。

一路上路況不是很好，到臺北已是傍晚時分。

在父親的壓力下，原本推說學校有事的他，出現在師大本部宿舍門口迎接我與父親。

老爸看到他，伸手用力拍了拍他的肩頭，笑著說：「按呢才對，兄弟仔愛互相幫忙。」

回臺北一個月，他的造型又變了，原先的棕髮染回黑色，留得比之前更長一些。下巴留起一撮鬍子，右耳則是穿了耳洞，掛著閃亮亮的耳環。反觀我自己，還是鄉下男生的平庸打扮，與他看起來大不相同。

我的寢室是六人房，有著不太涼的冷氣。只要房間裡超過四個人，就必須將電風扇開到最大，才能稍微涼快一些。

今天室友只出現了兩個，都跟我同系。因爲大一男生人數的關係，我們這房分配了三個歷史系跟三個國文系的，歷史系的他們聽說一起出門閒逛了，要晚點才會回來。

我睡在門左手邊的第二個位置，靠窗的是同系的同學，名叫周秉賢，戴著眼鏡，黑黑高高的，臉頰有不少青春痘。講起話來有股親切感，看起來是個不難相處的人。

靠門的是另外一位同系同學，名叫呂志權，與我差不多高，有著白淨的臉蛋，講起話來輕輕柔柔，算是斯文書生，很符合讀國文系男生的形象。

周秉賢一見到我們就起身打招呼，呂志權卻專注在他的小說上頭，看起來有些高傲難接近。直到他跟父親下樓搬電腦，我一個人在寢室裡整理衣櫥，呂志權才突然抬起頭來對我說：「薛宗興，你什麼學校畢業的啊？」

突然被問，一時之間不知道該如何回答。若報出我讀的鄉下高職，他大概連聽都沒聽過吧。只好支吾地說：「呃，我是重考的……」

「是喔，之前考不好嗎？」

「就之前讀很爛的高職，考完之後發現沒學校念，只好重考。」

「呵呵，看你的樣子，感覺不出你不是讀一般高中畢業的。你哪裡人啊？」

我將衣服折好放進衣櫥裡，一面答著：「我喔，臺南縣接近嘉義那邊的人。」

「好遠喔，我臺北人。」呂志權接著說：「我覺得你的樣子比較像第一志願畢業的。」

聽到「第一志願」，我下意識嘀咕道：「讀『第一志願』的是**他**吧……」

我回問：「那你是哪裡畢業的呢？」

「建中。」

「好厲害……」

呂志權笑著說：「你才厲害吧，重考一年竟然跟我這個建中的當同學耶，表示你很有讀書的潛力啊。」

在旁邊一直沒搭話的周秉賢也開口：「對啊，你只花了一年讀書，卻跟我這個花六年拚命念書的考到一樣學校，真的很厲害。」

「那不然你是讀哪裡畢業的？」呂志權問周秉賢道。

「我讀臺中的衛道中學……」

我們的話題被搬東西上來的父親和他打斷了。三個歷史系的也跟在他們身後回到房間，狹小的寢室頓時熱鬧起來。

我把電腦的電源線插好，按下開關。電腦跑了一下，很順利地開了機。

父親說：「好啊，按呢無代誌啊，爸爸來轉啊。」

「那我也回去了。」他也說道。

「嗯……駛較慢咧。」我說。

「唉呀，恁倆个愛卡定相找，毋通我一轉去恁就拍死無來往。」

「會啦！」我們兩個難得異口同聲地回應老爸。

這異口同聲讓我覺得尷尬，偷偷瞅他一眼，沒想到他也在看我，就跟暑假那時一樣。我趕緊將眼神移回前方。

我們一起送父親到停車處，父親轉頭對他說：「阿廷，我載你回學校吧。」

「免啦，我家己坐公車轉去就會使啊。公車足方便，汝開車載我無停著（說不定）會抵到塞車。」

「是啦，天攏已經暗啊，汝較早轉去較好。」我也在一旁說。

「好啦，無恁兩个愛好好照顧家己，知無？」

「知啦！」我們竟然又異口同聲了一次。

我差點沒笑出來，勉強轉過頭去裝作若無其事，硬是忍了下來。

父親上車，發動引擎，從窗口向我們揮了揮手，踩下油門，開上回家的路程。我們目送著車遠離，他開口對我說：「那我回去了。」

「嗯。」

他走了約莫五公尺，我在後頭說了聲：「再見。」

他沒有回頭，我看不到他的表情，但聽到他回應了一句：「再見。」

這是幾年來我與他第一次互道「再見」？

然而我和他還是沒遵守老爸的教誨，開學一個月過去了，我們從未「相找」。我並沒有主動找他的原因是，他比我多在臺北待了一年，熟門熟路的，爲什麼不是他主動來找我？

因爲同系又同寢的關係，我跟周秉賢、呂志權一下子就成了好朋友。也互相取了綽號，我仍延用以往的「阿興」，而樸實黝黑的周秉賢，被我跟呂志權暱稱叫「黑賢」。呂志權的綽號叫「P醬」，P字的由來是因爲他的英文名字Paris。爲什麼要叫Paris呢，它跟巴黎沒關係，而是他喜歡美國豪放女Paris Hilton，所以才取的。

另外同寢的三個歷史系，除了睡我對床的新竹人彭致儒比較孤僻外，另外兩個邱顯慶（黑鬼慶）、曾煥熯（阿煥）都還蠻好相處的。

原本覺得個性有點「機車」的P醬，其實對我很好。P醬並不是原生臺北人，他來自新竹，父母都在竹科工作，是收入豐厚的電子新貴，國中時就把他送到臺北來讀私立學校，結果卻造就出成天在臺北街頭打滾的P醬，久而久之，P醬也說自己是臺北人了。黑賢實在是太不愛出門了，爲了打電動，有時連吃飯都懶得去，反而都是我跟P醬兩個人「出雙入對」。

P醬眞是個臺北通，對市區大街小巷裡各種東西都瞭若指掌。他可以今晚帶你去跳街舞、玩滑板，流了一身臭汗回來直接躺下不洗澡就睡，隔天卻帶你到公館的書店去站著當文藝青年到晚上十點。

我跟P醬雖然成天嘻嘻哈哈、無話不談，但唯一的禁忌就是感情問題。我想P醬應該是有女朋友了，以他白淨新潮且活潑的模樣，隨便交個正妹不是問題。不過，一個月下來，我從未看過他女朋友出現，只是常看到P醬神神祕祕地聊著通訊軟體，或是躲到寢室門外小聲地講著電話。看到P醬的幸福模樣，我偶爾會想起跟Teddy在一起的那段時光。撇開他劈腿那檔事，其實還算得上是幸福。

說到Teddy，他打電話來說十月中會上臺北辦事情，問我有沒有空跟他吃飯。我躊躇了一下，不知是否該答應他。

人類有的時候很奇怪，分手前總想著對方的壞處，但分手後留下的卻是美好的記憶。我也很想念Teddy，想與他見面，卻又怕見面後不知道會發生什麼事，畢竟那時候為了分手，可是惡言相向、甚至動手動脚，鬧得很難看。我有點想找P醬來作陪，他一定可以擋住Teddy的各種蠢動。只是若要找P醬，勢必要向他出櫃，這是膽小的我壓根不敢做的事。

最後我還是拗不過Teddy的請求，答應他下周六的飯局。

「不管了，會發生什麼事再說吧！」我這樣想。

18

深秋的周一傍晚，天黑得早，微微的北風吹來，稍帶了一絲涼意。經歷整天滿堂的轟炸後，我拖著疲累的脚步，獨自一人走在校園裡，享受著傍晚的時光，慢慢走回宿舍。

我走上樓，房門是鎖著的。我從口袋裡拿出鑰匙將門打開，房裡幽幽暗暗，沒半個人在。我打開電燈，走到自己的桌前，把書包放在桌上，拉出椅子準備坐下，突然從上鋪傳來了一個聲音：「你回來啦⋯⋯」

嚇了一跳，好不容易回過神來，才發現這聲音是瑟縮在床上的P醬發出的。

我沒好氣地說：「你幹嘛啊，躲在寢室裡睡大頭覺喔？」P醬沒答話，我接著說：「今天下午你怎麼都沒去上課？文字學老師有點名耶！」

「心情不好，不想去⋯⋯。」P醬從被子裡探出頭來，有氣無力地回答。

「是怎麼啦，怎麼突然心情不好？」

P醬沒作聲，反而一溜煙地從床上滑下來，拉起我的手說：「走，陪我去逛逛。」

「不行啦，明天英文課要小考耶。」

「走啦！」P醬用力拉扯我的手。

「好啦，小力一點，很痛耶……」

隨便穿了衣服，我半推半就地跟著P醬到他停機車的地方。P醬打開坐墊，拿出安全帽丟給我。

我偷偷觀察P醬的表情，臉色的確不怎麼好看，死白死白的，散發出一股黯然的模樣，真不知道他到底發生了什麼事。

P醬發動摩托車，加足馬力，轉出車棚，一路上用著飛快的速度在下班的車陣中鑽來鑽去，急馳過一條又一條繁華的城市要道。

「我們到底要去哪裡？」我問P醬，但他沒回答。

我從後照鏡看到P醬的臉，那發紅的眼裡似乎泛著淚光，我從沒看過P醬這樣。他心情差，我也識相地不再囉嗦，任由他載著我穿越臺北的大街小巷。

轉了個彎，機車往郊區駛去，P醬左彎右拐，直往山中而去。

路旁有一家便利商店，P醬將車停在門口，幽幽地對我說：「我去買個東西，你在外面等我一下。」

不一會兒，P醬拿了一手啤酒出來。

原來是要拉我出來喝酒看夜景，可能要聊一些男人間的心事吧！

我們繼續保持沉默，P醬發動機車，繼續往山上騎。

繞著繞著，眼前出現了一座牌坊，寫著「碧山巖」三個大字。

P醬把車停在牌坊旁，拿著啤酒就往上坡的階梯走去，我則是跟在他後面拾級而上。

到了階梯頂端，有一座寺廟矗立在那。它是座開漳聖王廟，據說是全臺灣最大的一間。倚著廟埕的欄杆往遠處望，臺北夜景一覽無遺，好不美麗。

今晚看夜景的人並不多，P醬選了個比較沒人的地方，拿起酒便喝了起來。

他也丟了一罐啤酒給我。

雖然國高中時有不少喝酒經驗，但我對啤酒的苦味還是不怎麼喜歡。爲了跟朋友「肝膽相照」一番，也只好拉開拉環，大口將這發酵過的麥子汁灌下肚裡。

我才喝沒幾口，P醬又開了一罐啤酒湊到嘴邊。

看他這樣借酒澆愁也不是辦法，我拍了拍他的肩頭說：「你有什麼心事，就說給我聽吧！」

P醬還是沒有講話，只是兩眼茫然地看著底下的萬家燈火。沒多久，一滴滴眼淚就從眼角滑落下來。

我伸手搭住P醬的肩膀，他將頭靠到我胸前，開始不斷啜泣。我突然覺得，P醬其實挺幸福的，遇到挫折還可以靠著我大哭一場，不像今年初的我，獨自一個人在臺中撞見那不堪入目的畫面，然後自己無助地在冷死人的冬夜裡大哭，最後還得了重感冒。

我像大哥哥般輕撫著P醬的背，對他說：「說出來吧。」

P醬抬起頭，用婆娑的淚眼看著我。我捏了捏他既可愛又可憐的臉，對他笑了一笑。

P醬坐直了身體，又喝了一口啤酒，拿出衛生紙用力擤了鼻涕，清了清喉嚨對我說：「這是我的大祕密，你千萬不能跟別人講喔。」

「嗯，不會啦，我以人格保證不會告訴其他人。」

「那，打勾勾。」

P醬伸出手，把拇指跟小指豎了起來。我也只好跟著他，完成那稚氣的儀式。

「我跟他分手了。」P醬落寞地說道。

「爲什麼會分手呢？」我問。

「唉……就他說我們分隔兩地，他不喜歡遠距戀愛。」

「是喔，他哪裡人啊。」

「臺北。我跟他是高中同學。」

聽到這句話，我心頭忽然覺得有些奇怪，P醬說「我跟他是高中同學」。咦？P醬不是讀建中的嗎？建中不是和尚學校，哪來女生？我突然恍然大悟：「靠！P醬竟然也是gay！」

這麼說來，我的「雷達」也挺準的。其實我在第一眼看到P醬時，就覺得他「另有隱情」，不過我總是努力地壓抑這個想法，努力把他想像成「一般人」。但事實證明，

gay就是gay，男同志所散發出的特殊氣息，是無法掩飾的。

我是否也有這種「特殊氣息」呢？

當下我沒多想，只是將焦點放在P醬身上。雖然已經猜出P醬的性向，但我仍然很假仙地裝作不知情，問P醬說：「那他是考到哪裡？」

「成大。」

「那還眞是遠。」

「但他暑假的時候還跟我說，就算考到東部的學校，我們一定能繼續在一起，什麼遠距離戀愛，他才不怕。沒想到……才一個月……」P醬邊說，眼淚又掉了下來。

看到P醬又哭了，我連忙說：「別哭別哭，你條件那麼好，天涯何處無芳草，一定還可以找到更棒的。」

P醬拭去淚珠，說：「當初是他說要跟我在一起的，現在也是他說要跟我分手，我覺得自己好不值得。而且我覺得，他根本不是因爲遠距離才想跟我分手，而是他喜歡上了別人！」

「你怎麼會這樣覺得？」

「因爲我有個朋友也是成大的，他們剛好住在同一樓。他跟我說常看我男朋友半夜在走廊上講電話，而且笑得很開心。他問是不是在跟我講電話，但時間點卻搭不上。我就覺得很奇怪，心想他到底是在跟誰講電話。所以我就請他去調查，才知道他刻意去辦了另外一個門號。」

「他該不會就是為了要跟別人打情罵俏，才去辦另外一個門號吧？」

「你真聰明，我也是這樣懷疑，所以我問他有沒有另一個手機號碼，他最初還拚命否認，但謊言一一被我戳破之後，他竟然惱羞成怒掛了電話，然後連續兩個禮拜都不接我電話，訊息也不回，也不回臺北了。」P醬接著說：「所以我就很生氣，上周末我直接坐車下去臺南，殺到他們學校去找他。結果咧，他們同寢的人都不在，只有他……」

「等等！你該不會看到他跟別的男人在寢室裡吧？」

「被你猜對了！」P醬遲疑了一下，又說：「呃，我好像出櫃了，你不會排斥吧？」

我大笑起來，說：「為什麼要排斥？」

「因為同性戀在社會上還是有很多人不能接受啊，所以要問你介不介意。」

「我為什麼要介意自己？」

「什麼意思？」

「因為我也是啊！」

P醬楞了一下，才恍然大悟地笑了出來。

「哈哈哈哈，所以你也是？」

「是啊！」

「你還真會偽裝，我都看不出來。」

「你也是啊。」

「會嗎?很多人都覺得我很明顯呢。」

「哎呀，可能是我們那裡比較單純，就算有一些跡象，也不會刻意往那方面想。」

我與P醬開懷地笑著。那是卸下假面具後快意的笑容，不再有拘束。

P醬喝了一口啤酒，說：「倒是你那個雙胞胎弟弟，打扮成那個樣子，反而讓我的雷達一直嗶嗶叫呢。」

「啥?你說他喔，別開玩笑了，他是有女朋友的人耶。」

「是喔，但我就覺得他跟一般異性戀不太一樣。你有見過他女朋友嗎?」

「呃……這倒是沒有。」

「沒看過就不能講他不是啊。」P醬又說：「就算有見過，說不定也只是幌子。」

被P醬那麼一說，我也起了疑惑。P醬講的倒也沒錯，沒看到「女朋友」就不能確定對方的性向。當時我也認爲小泓喜歡的是女生而P醬有女朋友，結果事實證明，我的判斷能力大有問題。雖然他的房間裡有「細本的」，小時候也跟女生走得很近，但我眞的沒有直接證據證明他喜歡女生。當初我也很愛看「細本的」打手槍，也被傳過幾次跟女孩子的緋聞，但我卻壓根是個gay。不過，撇開他的性向不說，就算他是gay又怎麼樣呢?那樣古怪又高傲的個性，不管喜歡男生或喜歡女生，還不是怪胎一個。

「別提他了，我跟他感情不好。」我說。

「哈哈哈，兩個人長得一個樣，感情竟然不好。」

「要是可以選擇，我才不想跟他長一樣咧！」

「不然我改天去幫你探查一下他有沒有當gay的潛力好了，呵呵呵。」P醬掩著嘴嘻嘻笑了起來。

我伸手推了P醬一把：「喂，別轉移話題，快講你的故事啦！」

「唉呀，何必那麼猴急？反正就是我開了他的寢室門進去，看到他坐在椅子上玩電腦。然後嘛，就另外有個男的坐在他大腿上，兩個人卿卿我我，看起來很快樂的樣子。那個不要臉的傢伙，轉頭看到我出現在門口，就像超級瑪莉一樣彈了起來，站起來一直問我來找他幹嘛？我當然劈頭就問他那個男的是誰，他竟然回答說是朋友。」

我忍不住插嘴：「最好是啦，哪有朋友感情好到坐大腿的？」

「是啊，而且坐在他大腿上的男生，一看就覺得不是什麼好東西。我才不相信他們咧，衝過去用力地搥了他胸口一拳，就往外跑了。」

「你搥他喔，我還以爲會跟連續劇一樣呼他幾個巴掌咧。」

「那時哪有想那麼多，腦筋一片空白，哪知道自己會做出什麼事。」

「這該不會是昨天的事吧。」

P醬沒說話，反而又哭了起來。

我拿著衛生紙替他拭淚，輕輕捏了一下他的鼻尖說：「乖，別哭啦，不然我也要跟你一起哭囉。」

P醬抿著微微發抖的雙唇，豆大的淚珠不斷滑落。我對他說：「至少你抓到的時候他們還有穿衣服，我看到的可是赤裸裸的相幹耶。」

P醬聽到我的話，精神突然振奮起來，露出誇張的表情說：「他們被你抓姦在床喔，這未免也太誇張了吧！」

於是我將臺中的那段往事，原原本本地全告訴了P醬。這是我第一次向人完整訴說這段過往，也許也是第一次徹底回憶那不堪回首的經歷。我意外平靜地講述著，P醬也成了一個熱情的聽衆，隨著我口中所說的故事，情緒起伏著。

不知道到底說了多久，只知道那一手啤酒已被我們兩人喝到一罐不剩。愛喝酒的P醬肯定喝得比我還多。

「那個Teddy禮拜六要來找你喔？」P醬問。

「對啊。」我說。

「那我要跟你一起去，給那個騙子好看！」P醬咬牙切齒地說著，雙手握緊拳頭。他故作兇狠的模樣，讓人越看越滑稽，忍不住笑了出來。

「笑什麼？」P醬嘟著嘴雙手插腰，質問我。

「哈哈，他一百八十幾公分耶。呂志權同學，你只有一百七十二，怎麼打得過他？」

「哼，那不然我們聯手偷襲他啊。拜託，別以爲我比較矮就沒力氣好嗎？」

「他的力氣眞的很大，那時候在巷子裡我被他揣住，眞的以爲跑不掉了，還好最後是他自己摔倒，我才能逃走。」

「摔得好，惡有惡報，劈腿男都沒好下場啦！」

「不過……」

「怎麼？」P醬問。

「其實我本來就想找你去作陪耶，我怕Teddy那種衝動個性，一見到我又不知道會做出什麼越軌的舉動，想說有人在我身邊，他可能會收斂一點。」

「可以啊，我才沒在怕咧。」P醬拿起一個空酒罐，使勁一捏，把它捏扁了。

「喂，我可不是找你去跟他論輸贏，他跟啤酒罐子可是兩回事。」

「不會啦，你放心，我不會亂講話，更不會找他打架啦。」

「我不太相信耶……」

「什麼，我們是好朋友，你竟然不相信我？」

「不然，我們來打勾勾。」我說。

我效法P醬剛才的幼稚行爲，也伸出了手。

「不要抄襲我的創意，薛宗興。」

「我哪有抄襲，我是怕你口說無憑，到時候給我捅簍子。」

P醬「哼」了一聲，乖乖伸出手來，跟我完成約定的儀式，一面說：「打勾勾就打勾勾，老子沒在怕的啦！」

秋風漸起，吹走了我們的微醺，原本藏在心裡的種種苦悶，在傾吐之後，猶如酒意，也隨風而去。我仰起頭看著天邊的星斗，雖不比無光害的鄉間多，但獵戶座的腰帶、杓子般的北斗七星、明亮的木星都清晰可見。我享受著風的吹拂，它好似一隻輕柔的手，撫弄著我的臉龐。

我突然想起了Teddy，他也曾這般輕撫著我，用明亮的雙眸直視著我。他的瞳孔，是多麼澄澈無邪，卻隱藏著大祕密。若是當初沒有發現眞相，或許直到現今，我還在與Teddy交往。Teddy喜歡我，既然如此，我又何必管他是同時跟幾個人在一起呢？但轉念又想，Teddy是我的，爲什麼要跟其他人分享？與其這樣，還不如放棄，況且那種劈腿成性的人，三天兩頭就會被抓姦在床。我累，他也辛苦，不是嗎？隨著與Teddy相見的日子越來越近，我的心情越是紛亂不已。我該用什麼態度去面對Teddy呢？如果他提出復合的要求，我又該如何是好？我不敢將這個苦惱告訴P醬，他才剛被劈腿男傷害，我如果講劈腿的Teddy好話，一定會被他罵犯賤。人眞的很奇怪，自己分手常常分得不乾不淨、搞得藕斷絲連，當非關己身去勸人分手，又總要人快刀斬亂痳。

我們倆趴在欄杆上，有時東拉西扯地閒聊，有時沉默無語，凝視著遠方的燈火。雖然寒意漸升，但碧山巖似乎有一種魔力，讓我們停佇在那裡，久久不願離開。或許是這裡的清靜能讓我們暫時放下紛擾。下山回去後，我們又得面對無解的感情習題。

我好希望時間能夠靜止，禮拜六永遠不要來。我很懦弱，一點都不勇敢。

19

時間仍不留情面地過去，禮拜六一下子就到了。這天似乎是個好日子，寢室裡除了我跟P醬外，竟難得地全都不在。沒有「閒雜人等」的寢室，讓我們可以不避諱談論一切。一早P醬就帶我到東區買東西，他竟然大方地掏錢買了一套新衣褲送我，還拖著我去剪了個稱頭的髮型。P醬不讓我拒絕，他笑說：「要漂漂亮亮的見舊情人啊。」

「又沒有要做什麼，何必要漂亮？」

「讓他知道，你沒有他過得更好啊！」

這話聽起來還眞有些道理。

我們吃完午餐才回到宿舍，有些累了，便爬上床去睡個午覺。

P醬一下子就睡著了，我則胡思亂想著晚上可能發生的事情。想著想著，卻也沉睡過去。

四點半，我們被鬧鐘叫醒。我不想起身面對現實，閉著眼睛繼續假寐。P醬爬到上鋪來搖了搖我的身體，我睜開眼，假意對P醬說：「別吵啦，再讓我睡一下。」

P醬看我又閉上眼睛，用力搖晃著我：「都四點半了，你們不是約六點嗎？該起來了啦！」

我將被子拉起蓋住頭臉：「唉唷，到那邊又不用很久，讓我再躺一下啦。」

P醬從我臉上扯開被子。我側過身去，蜷曲地面對著白色的牆壁。

「什麼不會很久，至少也要四十分鐘吧，你都不用穿衣服洗臉嗎？」P醬說。

「隨便弄一弄就好了。」

「你最好是那種會隨便弄一弄就出門的人。嗯……你該不會，不想去吧？」

「沒有不想去啊。」

「但我看你這樣子就是不想去啊！」P醬抓住我衣服的下襬，想把我拉起來。

「拜託啦，讓我再躺一下，再一下就好了。」

「你這傢伙，當初都說好了，現在才臨陣退縮。」

突然間，我露在被子外的左腳丫，傳來一陣陣搔癢的感覺。P醬打算搔我腳底直到我起床。

「這招沒用的，我不怕癢。」

「哼，你這混蛋，那我不理你了。」

「碰」的一聲，寢室門被重重甩上，P醬跑了出去。

一心想逃避的我還是不想起來，繼續蒙著頭假裝睡覺。

約莫過了三分鐘，房間裡靜悄悄的，P醬好像沒回來，我心裡想：「如果P醬生氣不跟我去，那不就更慘，得自己一個人去赴約。」

越想越不對勁，我跳下床，跑去開門，左顧右盼搜尋P醬的蹤影。

「你這傢伙！」

P醬突然從牆角冒了出來，嚇了我一大跳。

「我就知道你會出來找我，少那邊給我裝死！」

我用力推了P醬一把：「你幹嘛躲在那邊？嚇死我了。」

P醬不說話，拉起了我的手，將我拖到衣櫥前面，打開衣櫥門，說：「薛宗興，你快給我換衣服！」

在P醬的「淫威」逼迫下，我只好乖乖地更衣梳洗。他還貼心地幫我抓了頭髮。

「好帥，Teddy看到一定會喜歡。」P醬看著鏡子裡的我，笑著稱讚。

「屁啦，幹嘛讓他喜歡？」

「好咩，不要讓他喜歡，讓我喜歡可以吧。」

P醬竟然把臉貼向我的臉頰，輕輕磨蹭著，說：「阿興葛格，你好帥喔~」

「呸呸，少噁心了。」

「你說誰噁心？」P醬用力地扯住我的耳朵。

「痛啊！」

「誰叫你要亂講話。」

「好啦！好啦！我知道錯了。」

「這樣才乖嘛。」

和P醬的打鬧總算讓我稍微忘卻心中的不安。

離開宿舍時已是傍晚時分，P醬領著我去坐捷運。

在捷運上，P醬一直幫我做心理建設，說什麼不用緊張啦，有他在沒問題，又說如果Teddy有踰矩之舉，他一定會「修理」Teddy，給他好看。其實這些話都講到爛了，P醬從上禮拜說好要陪我見Teddy後，三不五時就講這些。

終於到了目的地的捷運站，我與P醬步出站門，左彎右拐繞了一些路。走了大概五分鐘後，P醬突然停下腳步，對我說：「巷子轉進去就到囉，做好心理準備吧。」

好像連P醬也緊張了起來。果然是別人在吃麵他在喊燒，不相干的人緊張，那我這個主角豈不更緊張嗎？

不過，都到了巷子口，也只得硬著頭皮繼續往前了。右邊不遠處有間名叫「Padrona」的西式餐廳，一個人影佇立在門口，深秋的七時許，天已全黑，昏黃的燈光照著那個人帥氣的臉龐，他是久違的——我的前男友Teddy。

Teddy看到我，堆著滿臉笑意走了過來。他今天的打扮跟以往大不相同，穿起了合身筆挺的西裝，頭髮也梳理得整整齊齊，腳上還踩著一雙發亮的皮鞋。我沒說話，也不敢正眼看Teddy，只是看著地上，害怕與他四目相交，顯露出心中的不安。

「唷，好久不見啦。」先開口的還是Teddy。

我只是輕輕點了點頭。Teddy見我不說話，問道：「這位是……你的朋友嗎？」

我還沒開始介紹，P醬卻搶先介紹自己：「我是阿興的大學同學，叫P醬，『久仰』你的大名。」P醬的話裡帶著諷刺，但Teddy聽不出來，還是笑得燦爛。

我們進了餐聽，服務生替我們帶位。Teddy獨自坐在桌子一側，我跟P醬則坐在另一側，P醬的正對面是Teddy。

才坐定位，Teddy又開口說：「到臺北來之後，阿興變得很fashion啊，穿著打扮都不一樣了。」

見我不講話，P醬便越俎代庖答話：「對啊，也變得比較聰明，不容易受騙了。」

P醬的一番話讓我突然覺得很尷尬，Teddy神經再怎麼大條，也聽得出P醬話中有話。我用腳踢了踢P醬，要他別再亂講。

原本Teddy好像要說些什麼，卻被服務生的點菜給打斷了。

Teddy點了高價的牛排，我點了相對平價的義大利麵，P醬則叫了焗烤。

Teddy拿起水杯，喝了一口檸檬水：「呵呵，怎麼不點貴一點的，這餐我請。」

「不用啦……」

我話還沒講完，P醬又插嘴了：「不用你請啦，我們自己有錢。」

我在心裡咒罵著P醬，早知道就不找他來了。當初他信誓旦旦不會亂講話，結果現在Teddy每講一句話他都要回嗆。

「哈哈，阿興的朋友好像火氣有點大。我想請客的原因是我們研究所的團隊得了個設計獎，我分到兩萬塊的獎金，想說請你們吃飯，大家一起慶祝啊。我今天之所以會穿西裝，就是下午在國父紀念館有個頒獎典禮，不然我何必穿得那麼彆扭？」Teddy邊說邊露出微笑，想用他迷人的笑容打破尷尬的氣氛。

但P醬一點都不領情，不等我回應，直接開口對Teddy說：「不用啦，你自己高興就好，錢也留著自己用！」

「哈哈，」Teddy乾笑兩聲，故意把頭轉向我。用左手遮住嘴，像是講悄悄話的樣子：「你這個朋友是知道我們的事嗎？對我好像不太友善。」

我點了點頭。

「唉呀，那我也蠻冤枉的，被你們誤會那麼大……」

Teddy話還沒說完，P醬立刻回嘴：「哪裡誤會大了，你劈……」

我用力扯了一下P醬的衣袖，板起臉孔對他說：「你不要那麼大聲啦！這邊是餐廳耶，是要講給全餐廳的人知道嗎？」

「好啦、好啦，我閉嘴就是了。」P醬嘟著嘴，面帶委屈地說。

「果然還是阿興比較成熟講理。」沒想到Teddy卻得寸進尺起來。

我心想：「對啊，我比較成熟講理，怕東怕西的，所以才會被你『吃夠夠』。」

「讓我把話講清楚吧，」Teddy又喝了一口水，說：「那個時候沒有事先告訴你我跟小泓的關係，我真的覺得非常非常抱歉。我對自己太有自信，覺得可以妥善處理掉那段感情，但沒想到小泓一直不願意分手，一直拜託我再給這段感情一個機會。但那時候我的心裡早已對他沒有任何情感了，三天兩頭就吵架，把我僅剩的耐性都消磨光了。就在感情低潮的時候，剛好遇到了你……」

Teddy停了下來，用他的雙眸直盯著我。我羞赧地避開他的目光。那眼神與看似眞誠的話語，眞會讓人願意原諒他的過往。我在心裡告訴自己要理智，不能再受他的欺騙。穆泰儀是什麼樣的人，薛宗興你難道還不清楚嗎？

Teddy見我好像沒被打動，繼續說：「我也不知道爲什麼，當時第一眼見到你就愛上你，覺得你的純眞、靦腆、樂觀，還有可愛的外表，都是小泓所沒有的。我的心裡有一股衝動，想要接近你。跟你在一起，我可以忘記種種的不愉快，只要待在你身邊，我就感到很安心、很舒服。或許是被愛情沖昏頭吧，我竟然不等跟小泓的事了結，就開始追求你，你也很出乎我意料，竟然答應我。我眞的沒想到事情會發展那麼快，我只是想跟你慢慢交往，然後加快速度跟小泓分手……」

聽到Teddy這番話，我在心裡冷笑著。當初Teddy「追求」我的舉動，今天回想起來，根本就不是「沖昏頭」，而是一步緊接一步的連環計。他早就計劃好所有的把戲，引我落入圈套。直到現在，Teddy仍一點都不知道悔改，還在自說自話。

我靜靜聽著Teddy的解釋，沒注意到身旁的P醬早已按捺不住，打斷了Teddy，說：「你說跟小泓已經沒感情了，那你爲什麼還要背著阿興跟他那個?!」

P醬此話一出，餐桌上的氣氛像凝固一般，降到冰點。Teddy收起了原本掛在嘴邊的笑容，臉色變得很難看。我心中有些忐忑，想Teddy會不會桌子一拍就走人？

就在三個人陷入沉默約半分鐘後，Teddy總算擠出生硬的笑容來：「沒人講話啊，那只好由我來回答了。」他看了我一眼，繼續說：「這事我其實跟阿興解釋過了，過年時被阿興看到的那件事並不是我主動，而是小泓要求的，那時我和小泓還算是在交往，也找不出什麼理由好拒絕他。」

Teddy的辯解連我都聽不下去了，不等P醬幫腔，便直接對Teddy說：「你如果要這樣解釋，我只能接受，但我最不能理解的，是你明明就是算好我那天會去補習，所以才跑到家裡跟小泓做那檔事。老天爲了懲罰你，才讓補習班突然停課，我也才有機會拆穿你的假面具。那天下午你假惺惺地打給我，說什麼你還在臺南，根本就是在試探我會不會回臺中補習。反正，我怎樣都沒辦法接受你的說詞。」

Teddy收起笑容，嚴肅起來：「好吧，我承認我是提早回臺中去陪小泓，但我真的不是爲了要和小泓做那檔事，才刻意算準你不在家。」

我已經不想再多說些什麼了。繼續深究下去，這頓飯也不用吃了。

我對Teddy說：「事到如今，我們兩個人還是沒有共識。你有你的說法，但我沒辦法接受，不過現在這些事都沒關係了，從今往後，你走你的陽關道，我過我的獨木橋吧！」

「我……」Teddy 還想辯解。

「別說了，吃飯吧。」我說。

「請問沙朗牛排是哪位？」這時服務生正好上菜，打斷了 Teddy 的話。

我不想再多說，只是低頭吃著桌上的餐點。我沉默不語，倒是平常很多話的 Teddy 與 P 醬開始攀談起來。Teddy 還是不改他的甜言蜜語，對 P 醬說：「這間店的牛排很好吃耶，聽阿興說是你推薦的喔？」起初 P 醬對 Teddy 還有所防備，只是點頭不吭聲。

Teddy 又說：「呵呵，你剛剛那麼兇數落我，怎麼這下不說話了？」

「才沒有咧！」孩子氣的 P 醬根本抵抗不住 Teddy 的言詞撥弄，立刻回嘴。

「你知道在天母有一家義式餐廳嗎？它的白醬雞肉 spaghetti 超好吃的說。」

「我知道啊，我之前偶爾去吃，其實那裡最讚的是義式 pizza。」

「我不知道耶，我去都只點他的義大利麵，沒點過 pizza。」

「嘿嘿，那你可惜了，沒吃到 pizza 就不算是去過那裡啊！」

「你臺北人嗎？」

「不算是，不過我在臺北讀書好幾年了。」

「哈哈哈，那你下次帶我去吃好了。」

「這要看你誠意囉。」

其實P醬跟Teddy個性還頗臭味相投，兩個人都愛玩，也都喜歡新奇的事物，聊天的話題很多元，再加上孩子氣的P醬愛聽好聽話，嘴巴沾蜜的Teddy的鬼話正合他的口味。我都已經把附餐飲料喝到見底了，他們兩個的主餐都還沒吃完，聊得有夠起勁。

P醬突然說要去上廁所，他一走，餐桌上的氣氛瞬間又降到冰點。

Teddy還是扮演打破沉默者的角色，對我說：「你剛剛怎麼都不講話。」

「嗯……就你們聊那些我都不懂，所以就靜靜聽囉。」

「唉呀，那應該多聊一些你比較熟的話題，真失禮。」

「不會啦……」

「說到這個……」Teddy突然把頭湊到我前方，壓低聲音說：「你還可以給我一次機會嗎？」

這話說得我楞住。雖然我早猜到Teddy今天會說這種話，卻沒料到會在這時說出口。

Teddy見我不說話，抓了抓臉說：「怎麼樣，你還需要想想嗎？」

我不知道該如何回答。若說我完全不喜歡Teddy，那是騙人的。Teddy這個人有一種其他男生所沒有的魅力，就算是他之前幹出那些可惡的事，但只要他一裝傻擺笑臉，我就對他沒輒。吃不吃回頭草是一回事，我顧慮的還是他愛偷吃的個性。這種人狗改不了吃屎，有一就有二，有二就有三。我自認管不住他，也沒辦法容忍他老是在外面打野食。我的感性叫我答應，理性卻要我 say no，我只好又選擇了沉默。

Teddy 本來要開口說些什麼，我眼尖看到P醬從餐廳那頭走過來，便使了個眼色，小聲說：「等一下再說吧。」

Teddy 有些無奈地點了點頭。

這頓飯一直吃到九點半，但 Teddy 與我卻再沒有私下交談的機會。我本以爲 Teddy 會在說再見時拉住我，但這希望卻落空了，他一直與P醬聊天聊到出餐廳門口，揮手目送我與P醬離開。

在捷運上P醬說，他覺得 Teddy 不是壞人，是個熱情、討喜的傢伙。

我沒多說話，心裡卻想著：我也知道 Teddy 不是壞人，他只是一個無法克制自己慾望的人，更進一步說，就是用下半身思考的人。P醬是他新遇到的男生，又長得白淨可愛，這種菜送到嘴邊，Teddy 自然熱情十足，但這股熱情多久之後會消退呢？我想連 Teddy 自己都不確定吧。不過 Teddy 還眞厲害，竟然可以讓原本極度厭惡他的P醬，在一餐飯後就成了他的粉絲，這股魅力，眞是驚人啊！

「他有提起復合的事嗎？」P醬問我。

我很老實地回答：「有啊。」

「是喔，那你怎麼回答他？」

「我沒說什麼，還沒給他明確的答覆。」

「他人還不錯啊，為什麼不答應呢？」

「我得思考一下。」

其實我心裡想說的是：「若是你劈腿的前男友再回來找你，你會接受嗎？」

當然，我不會在情傷未癒的P醬面前剝開他的傷口。

P醬一直說著Teddy的好話，勸我與Teddy復合。我真的覺得，單純的P醬並沒有看透Teddy的本性。到底是不是要再次接受Teddy呢？對我而言，仍是個無解的題目。我這個人，就是生來無解。在親情上無解，在感情上更是無解。

※

回到寢室後，P醬去洗澡，我則坐在桌邊發呆。

突然間，手機裡傳來了一封訊息，是Teddy發來的，裡頭只寫了一句話：「你還是沒給我回覆，希望今晚你能回我的簡訊，不管有多晚，我都等你。」

我思索著，不知該如何回應。

寢室門打開了，洗完香香的P醬走了進來，對我說：「欸，薛宗興，你要不要去吃宵夜，我覺得我沒吃飽耶。」

我連忙地把手機丟到桌上，怕P醬看到訊息。

P醬沒發現我的小動作，只是自顧自地拿起吹風機吹頭髮，又說：「晚餐是蠻好吃的，但我覺得份量有點少。怎麼，你不餓嗎？」

「我……我還好啦，如果你要去買宵夜，我可以陪你去。」

「等我吹好頭髮就走吧。」

「我還沒洗澡耶。」

「回來再洗啦。」

「好吧……」

於是我跟著P醬出門了，手機則被我放在書桌上，用一本書蓋著。

別看P醬不起眼的身形，他的食量可是大得驚人。他嗑了一塊雞排，又買了一大袋滷味回寢室跟我一塊吃。

吃完宵夜，洗過澡回到寢室裡，P醬已經睡了。看看時間，已經接近午夜一點。我總算可以拿起充滿懸念的手機，認眞思考該怎麼回覆Teddy了。手機裡又有一封未讀訊息，發訊者還是Teddy，裡面寫著：「我已經到臺中了。一路上我等著你的訊息，但我的期待落空了。我想我應該知道你的想法了。時候不早了，我想睡了。祝你以後幸福，晚安。」

看到這幾行字，我深深嘆了口氣，心頭一酸，竟然落下淚來。寢室大燈已熄，只剩我桌前一盞昏黃的檯燈光線。我飲泣著。不是爲失去的感情而哭，淚水所哀悼的，是我這個軟弱無用的人，與一段再也回不來的青春歲月。

20

我終究沒有回覆那封簡訊，從此便與 Teddy 斷了音訊。P醬問我情況如何？我搖了搖頭，他嘆口氣，只說祝我好運。

我日復一日地過著再平常不過的大學生活。

直到十一月的某天夜裡，P醬帶著我到以往只在書中讀過的「公司」——二二八公園。

網路的興起與多元的娛樂生活，都讓「公司」的「業務」每況愈下，但「公司」對我而言，還是一個值得朝聖的地標。

那是個嚴寒的冬夜，臺北城沒有下雨，在公司裡尋尋覓覓的人還算不少，P醬一路上跟我介紹，哪是約炮區、姊妹區、大叔區，一副常客的樣子。

P醬說他高中時期的公司比現在熱鬧得多，每到夜晚就是人山人海，跟公館夜市差不了多少。但現在的二二八，可以尋找的「獵物」眞的不多了。「大家都用網路了，誰還要來公司拋頭露面啊？」P醬接著說：「雖然現在這裡人氣大不如前，但想當初我第一任BF可是在這裡交的耶。」

「第一任，是多久以前的事啊？」

「靠！是多久，國中而已，哪有很久？」

「的確很久。」

「才四、五年最好是很久啦！」

「你已經人老珠黃啦！」我調戲著P醬。

「對啦，」P醬用手直襲我的臀部，狠狠在屁股肉上擰了一下。「你說我人老珠黃，那我就來招『辣手催花』！」

「啊！好痛！你怎麼可以這樣摧殘我？」

「這哪算得上什麼，改天你屁股洗乾淨，讓你試試我的大屌捅，那才夠辣！」

「我是怕你在床上硬不起來啦！」

「你也太小看我了，『建中第一大屌』的稱號不是亂取的呢。」

「聽你在放屁，哪有那種稱號？你還是乖乖屁股抬高給人幹吧！」

「哼，我要幹你的小菊花！」

P醬又一次偷襲了我的屁股。

我們就像青春的鳥兒般，嬉鬧追逐在二二八公園外的人行道上。少年同志的熱情，融化了冬夜裡的冷冽，也消弭了臺北城獨有的漠然。

※

放下了與Teddy的感情糾葛，我把生活重心放到了校園生活上。除了讀書以外，我也被黑賢拉去參加系上的羽球隊。只是我從小到大一向對運動不在行，也不愛流汗，在隊上只能濫竽充數，比起球技精湛的隊友簡直是天差地遠。到了後來，我的角色轉成打雜、買水、收隊費的球隊經理。不過當經理也有福利，羽球場上常常可以看到很多又高又帥的同學，我常坐在場邊觀看他們揮汗練球的英姿，也算得上是一種享受。

期中考過後的周末，寢室裡的人一如往例地清空。黑賢回臺中，歷史系的則聽說去露營，連我的好麻吉P醬，也和高中同學去花東玩了，整間寢室只留下我一個人。

歷史系的阿慶是最後一個離開寢室的，他問我：「薛宗興，你不回家啊？」

「沒吧，我們系羽要練球。」

「嗯……那就麻煩你顧家啦。」

「我會的，你慢走啊。」

阿慶背起他的背包，向我說了聲再見，便離開了。

其實系羽這禮拜並沒有練球，我大可以回臺南。九月上臺北以來，我就不曾回家，父母也常要我回去給他們看看。雖然我也有些想家，但總覺得不想這周末回去，或許是想享受一下一個人的自由吧。但我一下子就後悔了，入夜後的寢室裡，少了人氣也就算了，氣溫也越來越低，北臺灣的冬天，竟是如此的冷冽。我穿了厚外套還是覺得冷，靠近窗前一看，微微的雨絲落在玻璃上。這少有的寂靜，卻讓我感到一絲莫名的沉悶。

「眞糟糕，出門晃晃好了。」我心想。

於是我穿上衣服，漫無目的地搭上捷運。捷運裡的人比平日稍微少了一些，這並不是每個人都會想出門的天氣。

突然一個念頭湧現，我決定到「那裡」去。走出捷運站，外頭依舊下著毛毛細雨，我打開了傘，走進二二八公園裡。

公園裡的人氣比起那天跟P醬去逛時少了許多，只有零零落落的小貓兩三隻。沒什麼人也好，我只是想散散心而已。

人煙稀少的夜晚，卻是可以好好觀察公園的時候。那有點歷史的亭台樓閣、沒蓮花的蓮花池，還有外型奇怪的二二八紀念碑，再加上偶爾擦身而過大叔的眼神，都讓這公園有種不協調的違和感。我搜尋著阿青、小玉、老鼠的蹤跡，也試圖在樹叢中追想龍子與阿鳳的身影。這些人物活在禁忌的時代，但人與人之間的情感卻是最眞摯的，不像現在，大家躲在電腦後面約炮約趴約多P，男人們體液的交流變多了，但一夜溫存後的失落感，卻比臺北的冷風還要凍徹心扉。

雨絲一滴滴落在噴水池裡，蕩起了一圈圈漣漪。我望著池中倒映的燈光，從小到大的回憶突然在腦海中湧現。

我已記不清阿嬤的面容，但她裙子上的牡丹花圖案卻是無比鮮艷。

推開紅色鐵門發出的軋軋聲，側身而入的父親，那疲倦的背影，支撐起一家四口的衣食住行。

總是夾雞腿給**他**吃的媽媽。

還記得，小學五年級時，一個遠房親戚問母親：「為什麼妳把兩隻雞腿都給阿廷吃，而阿興只有魚頭？」言下之意是指母親偏心。

母親笑著回答這個冒失鬼，說：「因為阿興不喜歡吃雞腿啊！」

世界上最知道我們一家人的脾胃與個性的，只有母親。

我也想起了一年裡從矮瘦「泰國仔」變成一百八十四公分黝黑帥哥的沈慶瑜，這個神經大條的大男孩，笨手笨腳、怎麼翻都翻不過學校矮圍牆，非得要我在他屁股後頭幫推一把。

聽說他最近在高雄的海產店學當廚師，真想找機會去見見他，問一句：「最近好嗎？」

我也想起了小泓，他的鍋燒麵若是來臺北擺攤，生意應該會好到不行。

至於Teddy，是一個讓我又愛又恨的男人。

薛宗廷，一個讓我無時無刻不厭惡他，卻又無時無刻不想起他的雙胞胎弟弟。

雨似乎停了，我收起傘，坐在圓形劇場的長椅上發呆。

不知什麼時候，左前方來了一個男生，打扮相當入時，在我的前方坐下。

看著他的背影，我突然有種熟悉的感覺，總覺得好像在哪裡見過這個人。

我偷偷移到前一排的長椅觀察那男孩，越看卻讓我越忐忑不安。

眞的很眼熟。

過了一會兒，他的手機響了，從口袋中拿出手機的那一剎那，我簡直不敢相信我眼睛所見到的！

他口袋裡的小錢包不小心掉了出來，我清楚地看到錢包拉鍊環上綁著一條色彩斑爛的帶子。是母親親手編織的祈福帶，給我們兄弟一人一條。這薛家特有的祈福帶，世界上只有兩條，一條在我包包裡，一條則在那個人的錢包拉鍊環上。

看到這條祈福帶，我如五雷轟頂，呆坐在椅子上。

「他怎麼會跑到這裡來？是來等人？還是來閒晃？還是……？」

我不敢再想下去，他怎麼可能會是圈內人呢？我也不敢向前打招呼，只是全身發僵地坐在原處。

他約莫講了三分鐘電話，將手機和錢包收進袋子裡，拿出一條圍巾圈在脖子上。

接近深夜的公園，寒意更爲明顯。

我呼了一口氣在掌中，稍稍化開那凍結般的寒意。

又過了一會兒，他低下頭去，從包包裡不知拿出了什麼東西。

直到打火機的火光照映在他臉上，我才知道他拿的是菸。

我從來不知道他會抽菸，那個父母眼中的乖孩子、好學生，怎麼可能會抽菸呢？反而是我這種放牛班的咖，竟然不菸不酒才眞是奇怪。還記得我讀高職的時候，同學們總是聚在廁所裡或頂樓哈草，我拒絕與他們一起抽菸，卻也曾被視爲不合群的傢伙。

我在他身後看著他吞雲吐霧，總覺得他有什麼心事。

抽完菸，他又拿起手機來看了一看，然後拉拉圍巾、撥撥頭髮，好像準備離開了。

我的心中一直有個聲音催促著：「薛宗興，快啊！去跟他相認啊。」

一向膽小的我，眞不知道哪來的膽子，竟站起身來，走向他後方的長椅。

我伸出顫抖的右手，慢慢、慢慢地靠近了他的肩頭，輕輕拍下。

同時，我從喉嚨深處硬是逼出一句話來：「哈…囉……」

他嚇了一大跳，立刻轉過頭來。

「啊……」

我們凝視著對方，說不出話來。

我勉強擠出一絲笑容，對他說：「好巧，竟然在這裡遇到你。」

「你怎麼會來這裡？」

「讀書讀得好悶，來這裡透透氣。」我立即將問題丟回給他，反問：「那你呢？怎麼也會來這裡？」

「我……」他遲疑了一下，接著說：「我來附近找朋友，之後沒事來這裡逛逛，等一下就要去坐捷運了。」

氣氛依舊是尷尬到極點，我勉強開口再問：「你們期中考考完了嗎？」

「還沒，下禮拜要考。你們好像考完了，對吧？」

我點了點頭。

此時，天空又下起了細雨。

「又下雨了，我得走了。」說完，他匆匆地站起身來。

我問他：「你沒帶傘嗎？」

「嗯……。」

「我有帶，一起撐吧。」

我拿出傘張開，傘花覆蓋著我們。

「謝謝你。剛剛我出門的時候還沒下雨，所以沒帶傘。」

「一塊走吧。」

我們一起離開公園，往捷運入口的方向走去。

「你怎麼會認出我呢？」他問。

我說：「嗯……剛才我坐在你後面，看你鑰匙掉出來，一眼就認出那是媽媽做給我們的祈福帶。」

「你眼睛還眞利。」

「嗯……」

我們又陷入了無言的沉默裡，只有豆大雨滴打在傘上的聲音，以及我們踩過濕濡地面所發出的腳步聲。其實，我的心裡有好多話想跟他說，但卻像被關在深海潛水鐘裡的可憐人一樣，只能不斷地在心中吶喊。

他的心情是否跟我一樣澎湃呢？或許他認爲這只是運氣不好，竟然遇上討人厭的哥哥，讓他沾染一身晦氣。

我越這麼想，話就越說不出口。

走著走著，捷運入口已在眼前。

兄弟倆在短暫的邂逅之後，很快又要分道揚鑣，回到從來不相往來的情況。

我爲自己的懦弱在心中哀嘆，卻沒有說點什麼去挽留住他。

21

「四號出口到了，你要回去了嗎？」他突然停下腳步，對我說。

「嗯……不回去也不知道要去哪裡。」

他看了一下手錶上的時間說：「現在還不到九點，附近有速食店，要去坐一下嗎？」

我壓根沒想到他會提議找地方聊天，聽到時我竟然僵住了，說不出話。

他看著我問道：「你怎麼不講話？還有別的事嗎？」

我總算擠出一些話：「不不……我沒事，一起去吧。」

「我還以爲你不方便咧。」

「不是，就一時想別的事失了神，不好意思。」

於是，我們轉彎出了公園，過了幾個路口走到速食店。

我收起雨傘。他說：「你先進去點吧，我不會餓，你幫我點杯咖啡好了，我想在外面抽根菸。」

我抓了抓頭，想盡一下兄弟之間的關懷：「抽菸不太好喔……。」

他從包包裡拿出菸跟打火機：「我抽很久了，你不知道嗎？」

我搖了搖頭，心想我怎麼會知道，我們這麼不熟。

「我高中就開始抽了，壓力大嘛。」他將菸點燃，深深地吸了一口，裊裊的清煙從他的鼻孔、嘴巴裡吐出，漸漸飄散在空氣中。他露出慧黠的微笑說：「這是我的祕密，不可以跟爸媽講喔。」

天曉得你還有什麼天大的祕密是我不知道的？

「那我先進去點餐了。」

晚餐沒吃的我，現在早已是飢腸轆轆了。點餐的同時他也抽完菸，進到店裡，站在離我身後五步之遙等著我。

我們將餐點端到檯面上，坐上高腳圓凳。外頭還是下著雨，來往的人車更稀少了。速食店裡暖色的燈光，讓剛剛尷尬的感覺化解了一些，我也變得比較敢與他交談。

我對他說：「很意外吧，竟然在二二八公園遇到我。」

他說：「的確很意外。」

我咬了一口漢堡，說：「我們好像不曾單獨兩個人這樣坐在店裡吃東西聊天吧。」

「嗯，我們的磁場可能會相斥吧，所以都碰不到一起。」

「對啊，連回到家裡也相互排斥。」我說。

他喝了一口咖啡，說：「哈！我可沒有故意排斥你喔，是你對我比較不好吧。」

「我幾時對你不好過，是你都不理我吧。以前你放學回家，吃完飯就把房門關起來，我根本就看不到你。」

「外面那麼吵，你打電動、爸媽看電視，當然要把門關起來啊，你忘了你國中時候跟那個姓沈的講話有多吵嗎？」

我偷偷看著他說話時望向窗外的側臉，才發覺我從未這樣認眞地看過他。他的回應仍是那麼地滑舌，我們對話最後變得有點像在「鬥嘴鼓」，誰也不讓誰。換個角度想，這至少是個好的開始，從剛才到現在我和他所說的話，應該已經超過一整年的總和了。

「你不是考完了，怎麼沒回家，媽不是一直叫你回去嗎？」他問我。

眞是難得，他竟然也會關心我。

「我們系上羽球隊要練球，沒辦法回去。」

「沒想到你會打羽球，我以爲你只會打電動。」

這話說得還眞酸，酸到讓我想直接問他：「你是不是一直以來都瞧不起我？」但我按住性子，笑著回答道：「我打得也不怎麼好，就只是在旁邊幫忙充場面。那你呢？聽說你好像有參加什麼社團嘛。」

「也還好，一個普通社團裡的普通社員，有活動的時候會比較忙。」

「是什麼社團呢？」

「反正就是聯誼性質的社團，沒什麼特別的。」

連參加什麼社團都要神祕兮兮，眞不愧是從小就愛搞神祕的薛宗廷。而我也和小時候一樣，他越神祕，我越想追根究柢去挖他的祕密。

他的咖啡已經見底了，因爲有續杯半價的活動，他又走到櫃台去續了一杯。

我看著他的背影，覺得他又變了。我們之間差距越來越懸殊。我還是那個喜歡吃路邊攤、逛夜市、說台語的南部男孩，而他染頭髮、戴耳環、穿著時下最「潮」的服裝，一下子抽菸、一會兒喝咖啡，我們之間的品味完全不同。除了臉部輪廓、身材的外在表徵看起來還有些相似外，早已不是小時候常被誤認的雙胞胎兄弟了。

他續完杯回來，靜靜著坐在圓凳上看著窗外，沒有說話。

氣氛再次凝結。

我不願意就這樣結束。我看著他，用盡全力打開緊抿的嘴唇，吐出一絲細語：

「你……」

「嗯，怎麼了嗎？」他看著我。

「我是想問你……你會很討厭我嗎？」深藏已久的問題，終於在這一刻說出口。

這突如其來的問題讓他楞了一下，雙眼盯著我上下打量。他沉吟了許久，勉強擠出笑容，想化解這古怪的氣氛。

我見他不說話，更支支吾吾地說：「就……我覺得我們兩個的關係不知道……不知道從什麼時候開始，變得……」

「變得不好？是嗎？」

「嗯。」我用力地點頭。

「哈哈。」他的笑聲聽起來很乾：「我是覺得還好啦，就比較沒話題聊吧……」

「還好」？我一點都不覺得還好。反正話都說出口了，那就豁出去吧。「但是，我不覺得只是沒話聊耶。」

「那你覺得是什麼？」

「我覺得……我們兩個都討厭對方吧。」

「嗯…但是我不討厭你啊……。」

他還是在說場面話。若是真有副假面具戴在他臉上的話，我會立刻就伸手撕掉它。我也不避諱什麼了：「但是我從國中開始就討厭你，所以我覺得你討厭我。」

「討厭我，爲什麼？」

「以前你功課比我好，也比較討爸媽跟親戚喜歡，他們每次都拿你來跟我比較，我覺得很討厭。如果只是這樣也還好，重點是你的一些舉止也讓我覺得你對我有敵意……。」

「是我都不理你嗎？」

「嗯……。」

「呵呵，我才覺得你都不理我咧。你還記得五年級的那件事嗎？我不小心打翻你的思樂冰，你竟然叫全班同學都不要理我、跟我絕交。你那時候的人緣超好，好幾天都沒有人跟我講話，我那時就覺得你很討厭，因爲人緣好就『靠勢』欺負我……」

這一番話喚起了我塵封的記憶。

那是一個晚春而有點悶熱的午後，我趁著全班午睡時偷溜下樓，從學校大榕樹旁的圍牆一翻而過，跑到對街新開的便利商店買了一杯思樂冰。再翻牆回來時，剛好趕上午睡鐘聲鈴響，我便大刺刺地吸吮著那杯冰，嘖嘖作響。好喝的不是冰的味道，而是全班投射在我身上的羨慕眼光。

但午休下課僅有五分鐘，我還沒喝完老師就進教室了，我把思樂冰放在脚邊地上。突然，有個身影從教室後門匆匆衝了進來，嘩啦一聲，竟把我的思樂冰一脚踢倒了。棕色的液體伴隨著碎冰汩汩流出，在磨石子地板上潑出一道道的痕跡。

踢倒飲料的不是別人，正是聽到上課鐘響，急急忙忙地從廁所跑回來的他。他當時坐在我前面隔三排的位子，一不留意，就把飲料踢倒了。

我惡狠狠地瞪著他，但他卻頭也不回坐回自己的位置。飲料打翻的事反而引起了後排同學們的騷動，連老師也走下講台一探究竟。我翻牆買飲料的事就被老師發現，罰我清理乾淨，然後到前面挨二十下手心。

我搓揉著熱辣辣的雙手，低著頭含著淚水走回座位。經過他身邊，他卻對我的災難一副若無其事的樣子，白淨稚嫩的臉上甚至還帶著一抹微笑。我心頭一陣惱怒，惡狠狠地瞅了他一眼。

爲了報這個奇恥大辱，接連幾天，我集合我的死黨們，讓他們告訴全班同學，不許跟薛宗廷講話。一杯飲料，讓薛宗廷被孤立了好多天。

若不是他提起，我其實已經忘了這件事。我一直自以爲，我跟他關係惡化是因爲他的態度所造成的。現在想想，飲料事件才是關鍵，而需要負最大責任的人，其實是我。那天之後，我們之間的心結越纏越緊，直到互不說話，總是用斜眼看著對方。

我覺得好丟臉，對他說：「你沒提起，我不知道那件事對你傷害那麼大。」

他低著頭說：「其實……我很快就忘了那件事，只是從那次之後，我們就變得很少講話。」

「你應該覺得我很討厭吧。」

「那個時候，應該是這樣覺得沒錯。」

所以，他是討厭我的。

「那你現在還會覺得我很討厭嗎？」我問他。

「都過那麼久了，怎麼還會討厭？頂多就……覺得陌生吧。」

我鼓起勇氣，對他說：「如果已經不討厭的話，我們可以當朋友嗎？」

「哈哈，我們是兄弟啊，爲什麼還要當朋友呢？」

「兄弟」，我沒聽錯，他說的是「兄弟」。從我有印象以來，他從沒叫過我哥哥，我們總是直呼對方的姓名以示「平等」。

這麼說來，一切都源於「自以爲是」。我與他都不曾給對方一個說明的機會，自以爲是的結果，就是讓關係長期陷入僵局。

我說：「這幾年來，我們眞的很少有溝通的機會。我們應該坐下來好好聊聊，化解一下誤會。」

「誤會？我們之間沒什麼誤會啊，頂多就不熟吧。」他接著說：「不過，我們倒是蠻少聊天的，趁今天有機會好好聊聊也可以。」

我們總算卸下了心防，開始聊起各自的生活。他先談起在大學遇到奇怪的教授，接著問起我去年在臺中的重考甘苦，又聊到他在臺北的日常生活，最後提及小時候阿嬤常帶我們去的那間剉冰店。

「我記得你每次都點草莓鳳梨冰加煉乳嘛。」我說。

「對啊，煉乳超甜的，我喜歡它香香甜甜的味道。倒是你，每次都點不一樣的冰。」

「當然啊，哪像你每次都點一樣的，店裡那麼多種料，當然每次去都要吃不同的東西啊。」

「倒是沒錯，那裡的粉粿超Q的，下次回去點來吃好了。」

「沒錯！它的粉粿跟西米露都超讚的。」

「但是它現在還有開嗎？我好久沒去了。」

他笑著回答：「不一定啦，教授或許覺得我很有個性，就讓我錄取了。」

「出國耶……」我心中既感嘆又羨慕。

拿公費去國外當交換學生，這種事我根本達不到，考上大學是我交了好運，才不像他憑的是眞材實料。

我的自卑心蠢動著。

有人說「極端的自大是從極端的自卑轉化而來的」，我就是這種人。以往，我一看到他的成功，就在心裡列出一堆負面列表，像是他考全班第一名，我就會想：「第一名有什麼了不起，我一百公尺跑得比他快。」卻忽視了其實他在五十公尺游泳考試裡，足足比我快了十秒鐘抵達岸邊。今天的邂逅將我從自卑與狂妄中解放出來，誠實面對他，也面對我與他的差距。

「有個樣樣傑出的弟弟，不是什麼壞事吧？」

※

到達寢室門口，一開門，一陣冷風從房裡吹了出來。我忍不住打了一個哆嗦，說：

「哇！房裡比走廊還冷耶。被子多蓋一點，應該就不會冷了吧。」

他沒有說話。

我按下電燈開關，日光燈閃了幾下便全部亮了起來。我站在房門邊，學著Teddy的老梗，笑著對他說：「歡迎光臨！」

明亮的光線照著我和他，反而讓我們有些不自在。

我請他坐在我的書桌前，我則去拿P醬的棉被。打開P醬的衣櫥，只見堆積如山的衣服褲子，根本沒棉被的蹤影。又找遍了桌子底下和櫃子與天花板的夾層，也沒有冬被的影子，床上只有一件P醬從開學蓋到現在的薄涼被。

他問：「你在找什麼？」

「我在找我朋友的厚被子。」

「喔。」

雖然歷史系的跟黑賢都有被子放在床上，但我跟他們不像跟P醬交情那麼好，若是拿他們的棉被來應急而被發現的話，解釋起來更麻煩。我只好打電話給P醬，電話那頭的他正在睡覺，打第二次才接起來。我問他棉被放在哪，他竟回答說他沒在蓋厚棉被的。我聽了差點沒暈倒：「那天氣那麼冷你是怎麼睡的？」

「穿厚一點睡啊，這種天氣也不會太冷啊。奇怪，你幹嘛問我的棉被，你自己不是有厚棉被嗎？怎樣，你是帶男人回來睡喔？」P醬的第六感也眞強大。

「對啦……」我小聲地回答，怕被他給聽到。

「是Teddy嗎？」

「Te你媽，是我弟啦……」

「你弟喔！」P醬的聲音突然拉高八度，接著問：「你不是跟他很不好嗎？怎麼還帶他回來？」

「一言難盡啦，等你回來再說，我先去忙。」

這個好事的傢伙一聽到我帶他回宿舍，就興奮地想知道所有原委，我趕緊掛電話，免得他追問下去。

我不好意思地對他說：「歹勢，我同學竟然沒有厚棉被，其他人我不太熟，不太敢拿他們的被子給你蓋……不然，你蓋我的好了……。」

「哈哈，沒關係。我就穿外套圍圍巾睡，應該還好。」

「眞的很不好意思……」

我從衣櫃拿了件大外套給他：「這件給你蓋著吧，是上臺北前媽媽買給我的，還蠻保暖的。」

他接過外套，像小孩似地摟在懷裡，露出一絲微笑，說：「是媽媽買的啊，她怎麼沒買給我？我很喜歡這種外套耶，厚厚軟軟的，抱起來很舒服。」我好久沒看到他這樣天眞的表情了。

我看了一下桌上的時鐘：「都快半夜兩點了，該休息啦。」

「的確不早了。你平常都幾點睡啊？」

「也差不多一、兩點，上大學後比較晚睡。」

「一、兩點對我來說，才是夜生活的開始啊！不過偶爾早點睡，過一下正常生活也不錯。」他站起身，拿著我的外套問：「睡覺囉！……那我睡你朋友的床嗎？」

「對啊……不然你要睡我這邊也可以啦。」

「宿舍床不都長一樣，睡哪有差嗎？」他一邊說一邊爬上P醬的床。

等他安頓好，我關掉大燈，也躺上床鋪。

整晚的情緒波折，讓我躺下後腦袋立即放空，陷入半夢半醒的狀態。但P醬床上的他卻不斷翻來覆去，發出窸窸窣窣的聲音。我醒來問他：「怎麼了，睡不著嗎？」

他答道：「有點冷，又加上喝太多咖啡睡不太著。」

「要我把被子給你蓋嗎？」

「沒關係。」

突然，我感覺到床鋪在晃，猛然睜開眼睛，一個黑影倏然爬上我的床。是他，我嚇了一跳，坐起身來，問道：「怎麼了？」

「沒啦。我在想，乾脆兩個人睡一起，這樣比較不會冷。」

還沒反應過來，他竟擠進我的被窩裡。我尷尬地將身體縮向牆邊，但身旁的他卻自言自語道：「好溫暖喔。」

兩個大男生擠在被子裡，身體相互碰撞著。我緊張地屏住氣，不再說話，他也沒出聲，但我知道，他醒著。

濁重的呼吸聲，在寂靜的夜裡起落著。我的心臟砰砰跳個不停，連耳朵都聽得清清楚楚。近十年來有如陌生人的他，現在竟睡在我的身邊，這個轉折，讓我不知該如何是好。過去的回憶突然湧現，我的思緒回到了國中三年級時的深秋午夜，我躲在老家後院的陰暗角落，窺伺著房間裡的他。那具被我塵封在記憶深處的少年男體，現在被翻攪出來。當時只能遠觀的白皙胴體、初生陰毛，還有粉嫩龜頭，現在正與我緊靠著。

四年過去了，他有變得比較結實嗎？屌有更大嗎？毛應該變得更多了吧？真想扯開他的衣服，脫下他的內褲，好好檢查一番。

我睡褲裡的分身早已勃起。此時他突然轉身側躺，整個人貼著我的背。

「睡了嗎？」他小聲問。

他的鼻尖埋進我的頭髮裡，呼出的氣息吹動髮梢。我能聞到他身上的味道，那是一點點咖啡味、菸草味加上香水，混合成的獨特氣味。

「還沒……」

「我這樣應該不會吵到你吧？你早點睡喔。我應該是睡不太著，喝太多咖啡了。」

我嘴裡「嗯」了一聲，心裡卻罵道：「最好這樣我能睡得著！」

這古怪的氣氛燒斷了我的理智線。我下定決心，無論如何都要完成多年來埋藏心底的慾望。

我緩緩地轉過身體，與他面對面。他竟沒有躲避。在黑暗中，我們彼此都感受得到對方略顯急促的呼吸。我伸出右手，搭上他的腰際，那一瞬間，他的身體微微晃動了一下。但他並沒有逃避我的主動。

我用力摟緊他，將長久以來對他的慾望，完全傾瀉。

我已失去了理智，急躁地向下攻略他最私密的地帶，那裡早已有根硬梆梆、熱騰騰的男性根器，趾高氣昂地挺立著。我輕輕隔著他的長褲撫弄著它，它的大小與我不相上下。

隨著我們的身體交纏，他在黑暗中傳來的喘息越加劇烈。我們全身發燙，勃興的老二幾乎要將內褲撐破。我的手在他的褲頭探索，想深入他的神祕地帶，但他卻用雙唇猛然吻我，阻止了我對他下體的攻勢。

他的嘴唇細嫩溫潤，舌尖有如柔滑的果凍，輕巧地滑入我牙齒之間。他的舌尖隨即找到適合的對象，勾引著我的舌，跳起一支雙人舞。

在黑暗的掩護、性慾的衝擊及長久的渴望下，我拋卻不安，縱容自己的身體與心靈。我告訴自己，就算他是我的「雙胞胎弟弟」，也只是「一個男人」罷了。我們都需要一具男體的溫暖，我們只是提供對方一時的滿足，明天天一亮，事情就會煙消雲散。

我吐出他的舌，藉著窗外微光的照映，輕輕地解開他頸子上的圍巾。我吻了一下他的頸子，用舌頭挑逗那兒的肌膚，緩緩地四處游移著。我的舔舐，使他再次性致勃發，雙手摟著我的腰際，十指緊掐著我肚腹旁的皮膚。

我含住他的耳垂，微微囓咬，用鼻子呼出的熱氣、冰涼的空氣與暖濕的唾液進行交互作用來挑逗他。他受不了這樣的挑逗，將手掌頂住我的腹部，微微推開了我。

「怎麼了？」我問。

「沒事，太舒服了，我需要暫停一下。」

既然被他稱讚，就得乘勝追擊。我不理會他暫停的請求，轉換目標，直接進攻他最誘人的重點區域。

我伸手往下探查，剛剛褲頭的鈕扣已被解開，我便拉下拉鍊，只隔著一層內褲布料的男性器官，熱情地向我打招呼。

我脫去他的內褲，讓他鮮嫩帶汁的分身挺立在黑暗中。他完全沒有抵抗。雖然我看不清楚他陽物的真實樣貌，但已迫不急待一口將它含入。他嘴裡發出「唔」的一聲，身體顫抖起來。

這不只是性接觸所帶來的激情，還有「兄弟的禁忌」。

我持續施加刺激，他禁不住這樣的攻擊，不斷呻吟。

我接著轉向他因寒冷而瑟縮的陰囊，開始新一波攻勢。我舐著那兒的皮層皺褶，然後從側邊輕吻著他的陰莖。他可能想縱聲大叫，但礙於這是宿舍，只能咬著棉被，發出「唔唔」的聲音。

在我的舔舐下，他的分身更爲堅硬挺拔，有如一頭猛牛般，氣壯山河。

我的雙唇緩緩往上，回到他的龜頭正面，向著龜頭冠吹了一口涼氣。他又「嗯」了一聲，身子發顫。我伸出舌尖，觸碰著他龜頭與莖部連接的地方，讓舌尖的溫熱與那裡的冰涼交會。他的脚硬撐著床鋪，身體弓起，手掌流滿手汗。我用手與他交扣，想讓他知道我有多愛他。接著，我一口含入他的龜頭，用著舌尖品嘗累積在他馬眼裡的可口汁液，那滑滑鹹鹹的液體，就如瓊漿玉液般美味無比。但我並不滿足，狠狠吸吮著他的馬眼，貪婪地想從中再吸出些東西來。他已無法忍耐，「啊！啊！」叫喊了出來。

他嬌喘著，對我說：「等等，我也要。」然後雙手使力反將我推倒在床上。

他快速地脫掉我的內外褲，要求我轉過身體，讓下體正對他的臉呈69的姿勢，然後吞沒我的老二。我當然也不客氣，繼續吸吮起他的分身。

我歡喜地品嚐著他的玉簫，也享受著自己的分身進入他口腔裡溫暖濕濡的快感。

我們不禁加快了吞吐的速度。我想要喝下所有他製造的男性精華。我扶住他的髖部，加快速度與力道。但我卻在他之前先行繳械，將一道道液體射入了他的口。我沒有停下來喘息，而是更爲努力取悅他。皇天不負苦心人，半分鐘後，他的陰莖射出大量厚重灼熱的液體，而我如同久旱的田土般，將他恩賜的甘霖接納得一滴不剩。

23

原本被淫慾燒斷的理智線，在噴射後恢復連接。我和他躺在一起，喘息由急促漸漸平緩，隨之而來的，是一陣空虛與不安。

他顯得很累，我則坐起身，穿上內褲下床，對他說：「我開個燈拿東西喔。」

「OK。」

刺眼的白光從燈管映射出來，我撇過頭，躲避那讓人一時無法適應的亮度。走向書桌，扭開桌上礦泉水的瓶蓋，狠狠喝了幾口，然後猛烈漱了漱，希望沖掉嘴裡的苦澀與心中的不安。

我緩了緩情緒，問他：「你要喝水嗎？」

「好啊……。」

我將水遞給他。

他橫陳在床上的胴體總算一絲不漏地映入我眼裡。我往他的神祕地帶望去，那是一片呈菱形的黑色絨毛，比起四年前更爲茂盛。再往下則是射精後仍半硬未軟的陰莖，頂端是粉紅透紫的美麗龜頭，靜靜地躺在他的右大腿上，馬眼處還泛著些許透明液體。冷空氣讓他的陰囊瑟縮著，上面沒有什麼毛髮。他不像「芳草碧連天」的 Teddy 先生，身上無處沒有毛，尤其陰部繁密的捲毛，從屁眼直連到肚臍。

我的宿願，竟然達成了。他發現我在看他，有些害羞地坐了起來，拉起被子遮掩身體，接過我遞上的水，也喝了幾口。

他將剩下的半瓶水還給我，問：「外面有方便抽菸的地方嗎？」

「出門右轉，廁所旁有個小露台。」

「那我去抽根菸喔。」

他掀開棉被起身，迅速穿好褲子，走出門去。

我獨自坐在床邊想著：

「今天的事，或許只是擦槍走火。」

「不不不，看他的表情，的確是擦槍走火。」

「他不會對你有興趣的，你只是一廂情願。」

「他喜歡的是女生，不是男生。」

「就算他喜歡男生，也不會喜歡一個跟他長得一樣的傢伙啊！」

我躺了下來，閉上眼睛。他抽完菸進門，問：「你睡著了嗎？」

「嗯……。」我說了謊。

「那我把燈關掉喔。」

「好。」

寢室再次陷入一片漆黑，他再一次鑽進我的被窩裡。身上已無厚重的冬衣，只有短袖內衣褲。

他挪動著身體，一邊說：「好溫暖，好舒服。」

「嗯……」我仍含糊地回應，偷偷將身體往牆邊靠，想要與他保持一小段的「安全距離」。

「弄一弄之後，眞的想睡了。不吵你了，晚安喔。」

「晚安。」

他再次面向我，輕輕摟著我的腰際。我的心思再次被他的舉動撩撥得迷亂不堪，心想：「接下來，還會有二部曲嗎？」

最終，我失望了。

下半夜並沒有發生激情戲碼，我也不知自己是什麼時候昏睡過去的。直到陽光從玻璃窗外透入，才喚醒沉睡的我。

我坐起身，望著其他五張空床。心想要是室友們突然跑回來，我跟他同床共枕的事，不就全讓人知道了嗎？

我有些擔心，只好搖了搖看來好夢正甜的他，說：「起床囉。」

他睜開惺忪的雙眼，看著我，嘴裡「嗯」了一聲。他在被窩裡用力蹬了一下雙腿，然後伸手揉了揉眼睛，用著剛睡醒的聲音問：「現在幾點了啊？」

「不知道……我只知道外面天很亮了。」

他打了個哈欠，轉過身，背對著我說：「那應該還很早吧，你有什麼事要忙嗎？」

「我怕我其他室友今天會回來，所以……」

他似乎聽出了我話中的含意，便說：「嗯，好吧，那我早點回宿舍再補眠好了。」語畢，他坐起身來，雙眼直視著前方。

我突然發現自己正在「送客」，一陣尷尬，不知道該再說什麼。他靜靜穿上衣服，我則呆坐在床上，看著他。

他穿上外套，圍上圍巾，轉頭說：「那我回去囉。」

我急忙答道：「等等，我送你出去……」

他轉過頭去，對我揮了揮手說：「不用啦，我知道路。」

他頭也不回地走出門外，我突然警醒，不顧身上穿的單薄衣物，跳下床追了出去。打開門，衝到走廊轉頭望見他走向轉角樓梯的背影。我想出聲喊住他，但聲音卻莫名地哽在喉頭，什麼也叫不出口。

他的人影消失在轉角。我悵然地回到房間，如洩了氣的皮球般，頹倒在椅子上。

一陣陣難受的滋味在的胸中陡然而升，四望著空無一人的寢室，覺得好孤單、好寂寥。昨天的深談好不容易讓我們兩個的關係改善了，一夜的激情更讓我覺得也許有什麼好事將會發生，但這一切，又因爲我的懦弱而壞事。我又悔又恨，後悔爲什麼自己那麼膽小？我大可以讓他多睡一會的。也可以在他穿衣服時，給他一個擁抱，請他消消氣。更可以在他出門未走遠時，快步向前，請他留下來多待一會。但是我什麼都沒做。

我爬上床，掀開被子，躺到他睡了一夜的位置。縮起身體，努力感受他遺留下來的餘溫。我嗅著他殘留在枕頭上的髮香；摟緊棉被，就好像再次抱緊了他的身體；我用臉頰磨蹭著枕頭，想像著昨夜與他耳鬢廝磨的纏綿。

我呼求著上帝，求祂再給我一次機會，這次我一定、一定不會再搞砸了！

可是，上帝還會再給我一次機會嗎？

我拿起手機，查找電話簿，花了一些時間才找到他的電話。我打起精神發了封簡訊給他：「早上的事眞的很抱歉，你該不會生氣吧？」

我懷著忐忑的心等待他的回覆，也做好他不回覆的心理準備。本以爲要一陣子他才會看到簡訊，沒想到一下子就收到回訊。

打開訊息，三個字加一個標點符號映入眼簾：「你是誰？」

「原來他連我的電話號碼都沒有輸入！」我心裡一涼，哀嘆著：「好吧，一切都是我自作多情，虧他昨天還說從來沒有討厭過我。」

我再傳了一封簡訊給他：「我是薛宗興，今天早上的事情，我眞的很抱歉。」

不到一分鐘的時間，他回訊了：「我並沒有生氣啊。你未免想太多了，放心，我不會因爲這樣而討厭你。」

未免也太巧了吧！我正在嘀咕他是不是「討厭我」，他也正好回訊澄清「並沒有」。我回覆：「你不生氣就好，我很怕早上的事讓你不開心。對了，可以用即時通訊加我嗎？我們可以用那個聊，比較方便。」

我在訊息的末尾附上自己的帳號，他很快就在電腦上加了我成爲聯絡人。還在想要發什麼訊息給他時，他倒先發了過來：「你想太多了！」

我乖乖閉嘴，不再追問。用電腦打字傳給他：「你這麼快就到家了喔？」

「也是剛剛才到，打算去補個眠。今天太早被你叫起來了。」

「眞的很不好意思。」

「那你同學有人回來嗎？」

「沒有耶……」

「厚，那你還這麼早就趕我走？我是個沒家裡鑰匙的人耶。」

看到「沒家裡鑰匙」這幾個字，我才赫然想起他是因爲回不了家才到我這兒來的。我連忙發訊息給他：「對不起……。我忘了你沒鑰匙。」

「幹嘛一直跟我對不起，是你主動收留我的，所以應該是我要感謝你才對。」

在我還沒回覆他下一句時，他又傳了過來：「還好我剛才找到我朋友了。我想的沒錯，鑰匙就是掉在他家，我順路去拿了鑰匙，才能進得了家門。」

幸虧他沒有流落街頭，否則……

他打字的速度比我快很多，我還在輸入的時候，他的訊息已傳了過來：「這種天氣實在很好睡，再加昨天晚上太累了。XD」

「是啊，眞的很累。」

「以前都不覺得你的心思有那麼細膩耶。」

「爲什麼不覺得？」

「你給我的印象就是什麼都不在乎的人啊，也不會主動去關心別人。」

他的觀察剛好與我相反，我反而覺得，對人冷漠的人是他。

「早上我看你臉色不太好，怕你有起床氣。」我說。

「起床氣喔，是有一點啦，你就沒有嗎？」

「我喔，以前也有，只是在臺中被訓練到可以在睡眠不足的狀態下乖乖起床。」

「那麼厲害啊，可見你在臺中的老師很嚴格。」

「你知道臺中的老師啊？」

「知道啊，爸媽都會提，他不是我們的表舅嗎？他不是姓葉？」

他知道小泓姓葉，可見多少有在乎我，他或許眞的不是我所想的那種人。

「是啊，就是他沒錯。他管我管得很嚴，太晚起床會被他罵。」我說。

「那麼兇啊……」

「說兇倒也還好，他其實很關心我，有空還會下廚煮飯給我吃。」

「難怪你的成績會突飛猛進。」

交談約莫持續了半個小時，直到他說有事要先忙才結束這段對話。

我們很有默契地沒有談及昨夜的激情，雖然我一直很想知道他對昨晚「突發狀況」的想法，但又隱約覺得這時機好像不大適合談這個。

從他的訊息中，我不覺得他對今早的事有什麼不滿。還好他沒生氣，我也釋懷了些。他出乎我意料之外，相當熱切地想知道我在臺中發生的種種，我很樂意地告訴他除了「那段感情以外」的事。有記憶以來，他從未曾對我表現出如此高的興致。在這段不算長的線上聊天中，我終於感受到身爲哥哥的一點點存在感。

我想，在心裡的不安化解後，今晚我應該可以帶著滿足的笑容進入夢鄉吧。從昨夜到今天，峰迴路轉的「劇情」……如果今晚有夢，我將很樂意夢見他那漂亮的硬老二。

24

秋去冬來，我們卻沒有再「相找」過。或許是長期冷漠所形成的惰性，我們都沒有先開口邀請對方。雖然如此，還好有網路這種無遠弗屆的工具，讓我們之間的關係，在沒見面的情況下也有所進展。每隔幾天，我們就會聊天，透過無邊無際的閒談，讓我增加了想多認識他的欲望。

比起他精采的大學生活，我的簡直是乏味，每天就是上課下課，讀書做報告，偶爾跑跑系羽當經理兼打雜，最多是跟著P醬出門晃蕩。而他就完全不同了，常跟朋友去跑趴、喝酒，或是發了瘋直接騎車夜奔台東看日出。

我很羨慕他不用讀書就能應付功課的聰明才智，也嚮往他率性而行的生活。但他的回應很冷淡：「等你上大二就會不一樣了。」

「那你是說，你大一時跟我一樣『乖』囉？」

「這個嘛……沒你乖啦，不過至少比現在乖。」

我不相信自己到了大二會變得跟他一樣，應該還是會繼續當我的乖學生、好孩子吧。P醬就曾經問過我，他覺得讀三流職校出來的人應該都很愛玩、也很懂玩，爲什麼我卻對玩這件事顯得低能？其實我也不清楚爲什麼我不懂「玩」，在國高中時，我看似每天在玩，但玩的範圍也超不出家裡。我在學校總是發呆，頂多偶爾跟同學去打撞球或釣魚，其實連鎭上都不常去，下了課就是回家。家裡的電腦受到管控，我能玩的就是電視遊樂器，然後看電視打發時間。現在回想起來，那根本就不是「玩」。

我簡直是個徹底的乖乖牌。

我們也互相加了部落格好友。我的部落格是上大學後才架的，直到現在還在適應這個平台。他則很常在部落格上分享自己的生活瑣事，我沒事就愛看，透過它可以知道他最近在忙什麼，也能與他一起分享喜怒哀樂。

接近期末考的時候，他貼了許多篇抱怨文。期末的各種考試跟報告，是大學生的夢魘，連聰明絕頂的他也被壓得喘不過氣。

我雞婆地用即時通訊問他是什麼事讓他這麼不快樂，他只是避重就輕地說了一堆系上老師如何機車，出的作業又如何地刁難。等到我想繼續追問時，他卻說要去洗澡了。

「最好是下午四點就要洗澡啦。」

我沉浸在與他聊天的快樂中，卻沒發現P醬早就觀察許久。某天晚間，正聊得愉快時，P醬悄悄地跑到我身邊看著，我卻一點也沒發現。過了一會兒，P醬突然「嘿」了一聲、拍了我的肩頭，我嚇得一轉頭，有些恚怒地說：「你幹嘛不聲不響躲在後面？」

「什麼啦！你自己一邊傻笑一邊回訊息，我可是正大光明地走到你後面耶。我是想關心你，沒想到你竟然那麼兇。」

「最好是啦！我在那裡聊天，你那麼大一欉突然出現，根本就是想嚇我。」

P醬不理我，把臉湊向螢幕，想看清楚我到底在跟誰聊得這麼開心。

「幹嘛看！」我急忙用手遮住螢幕。

P醬用力想扳開我的手，我打死也不給他看。不是怕對話內容被他看到，而是怕他看到對話人的名字叫「宗廷」。

最後，我索性按掉螢幕電源。P醬嘟起嘴，用力推了一下我的肩膀，罵道：「小氣死了，連聊天內容也不給人看。你怕成這樣，肯定有什麼姦情！」

我回嗆他：「你最近還不是神神祕祕地講電話，我看是你才有新姦情吧！」

「哪有？」

「哪沒有，你每次講電話都躲到寢室外面，聊著聊著就掩著嘴傻笑。有嘴說我，你自己還不是一樣？」

我和P醬又陷入了無止境的鬥嘴之中。

25

日子飛逝，一年過去了。爲了送舊迎新，P醬邀我到臺北市政府前面跨年。這是我從小到大第一次參加跨年活動，也是第一次看到如此洶湧的人潮。我心想：「是不是所有臺北人都跑到街上來啦？」後來才知道，那年的跨年晚會有四十萬人參加。

在震天的齊聲倒數聲中，悲喜交織卻又難以忘懷的一年就這樣被送走了。廣場、街道上的人群，隨著臺北101所施放的煙花驚呼連連。煙火雖有著美麗的燦爛，但我卻無意於當下的美景，在心底暗暗祈禱：希望今年能過得比去年好，至於感情，平順就好。

身旁的P醬不同於我的內斂，他興奮地手舞足蹈，不管是大咖或小咖的藝人上台，都足夠讓他扯破喉嚨，高聲嘶吼尖叫。當跨年倒數歸零的剎那，P醬整個人飛撲到我身上。我看著懷中的P醬，紅潤的雙頰與白皙的皮膚，其實也很惹人憐愛。

跨年的喜悅讓P醬忘了身旁的人群，嘟著嘴想和我接吻。我一把將他推開。

「幹嘛推啦？」P醬說。

「呂志權，你也未免興奮過頭了吧？」

「會嗎？跨年本來就要high一點啊。」

「你到底參加過幾次跨年晚會啊？」

「從國一開始我每年都來耶，每一次都有不同的興奮點。」

他的嘴又嘟了過來，我一手擋住他的酸梅嘴，讓他吻上我的手掌。

「呸呸，你沒洗手，鹹死了。人家的初吻竟然給了你的手……」P醬嬌嗔地又想把頭靠上我的肩膀，這次我不再推開他了。

隨著散場後的人潮走過幾條馬路，進到捷運站，我與P醬的手機不約而同叮叮咚咚地收到好多訊息。我的有七封，多半是親朋好友，連Teddy也發來了，不過是封沒誠意的罐頭訊息。

其中一封簡訊，吸引了我的目光，那是他寄來的。內容很簡單，只有兩行字：「祝你新年快樂，身體健康，學業進步。有空可以一起出來吃個飯。」

我還沒看完，手機竟被人一把搶走了！

「是誰啊？看個簡訊也要傻笑。」不用猜也知道是P醬。

「搶屁啊！沒什麼好看的啦！」

我伸出手要搶回手機，P醬轉過身去，看著簡訊的內容。

我在心裡冷笑道：「哼！要看就看，包準看不出什麼名堂。」我早已將他的簡訊轉發成電子郵件了，手機裡除了剛剛那一封以外，不會有什麼不該看到的東西。更何況我將他在手機裡的聯絡人名稱從「弟」，改成不容易聯想的「Ting」，就算聰明如P醬，也一定看不出什麼端倪。

「這些訊息都很普通啊，你剛剛在傻笑什麼？」P醬把電話丟還給我。

「哼，看到大家的祝福不能笑嗎？」我回嘴。

「最好是看到朋友新年祝福會笑得那麼癡呆啦。」

「不行喔，你管我？」

「我就是愛管啦。」

「你看我的手機，我也要看你的。」

「不給你看！」

在說話的當時，列車剛好進站，P醬抓緊機會拔腿就跑，擠進人群裡消失了蹤影。

眼見追不上他，我只得沒好氣地跟著人潮排隊上車。

車廂裡滿滿都是人，擠在裡頭完全動彈不得。P醬打電話來問我在哪裡，我說人那麼多，沒辦法過去找他，只好約定下車後再碰面。

總算擺脫煩人的P醬，有了短暫的獨處時間。我從口袋裡拿出手機，再看了看他傳來的訊息，心中滿滿的開心。我回了訊息給他：「希望你在新的一年裡事事順心，別再爲小事發愁生氣，有空可以跟我多聊聊天喔。宗興。」

他一下子就回傳了，我迫不及待地打開：「謝謝你的祝福。你今晚有去跨年嗎？」

我回覆：「有啊，我跟朋友去市府廣場跨年順便看煙火，蠻high的。」

「我也有去，但沒看到你。」他說。

「原來他也去了，不知道是跟誰呢？」我在心裡猜想著。

我回傳訊息給他：「人那麼多，怎麼可能遇到呢？」

「你回到宿舍了嗎？」

「還沒，在捷運上，就快到了。你呢？」

「我還擠在人潮裡，等一下會騎車回去。你應該不會太早睡吧，晚一點我打給你，有事想跟你說。」

他從來沒有事找過我，今天是什麼日子？竟然有事想跟我說。我的心裡，有些既期待，又怕受傷害的忐忑。

費盡千辛萬苦回到宿舍，坐下來屁股都還沒熱，P醬就像遊魂般出現在我的身後：「看你若有所思的樣子，是在等男人的電話嗎？」

我不耐煩地轉頭瞪了他一眼，說：「呂志權，你很無聊呢！幹嘛一直想知道我跟誰傳訊息或打電話？」

「我就想知道，關心你不行嗎？」

「那你告訴我最近常跟你熱線的人是誰，我就回答你。」

「才不要……」P醬的氣燄頓時消了大半。

「如果你不告訴我，那就閉嘴閃一邊去！」

P醬滿臉委屈地看著我，但我根本不想正眼看他。他只得悻悻然地離開，爬到上鋪，躲進新帶來的厚棉被裡。

雖然我馬上就後悔不應該對他那麼兇，但是此刻我真的沒心情理他，只想坐在書桌前，等待他的訊息。

等待的時間每分每秒都顯得漫長，不知不覺竟已半夜三點多，我不禁打起哈欠。正想要去洗臉時，手機震動了一下，我期待已久的訊息終於傳來了，裡頭寫著：「新年快樂！你睡了嗎？」

我用不到三秒的時間就送出回訊：「還沒。你在電腦前嗎？」

他沒回我，只聽到「咚」的一聲，他上線了，並傳來訊息：「第一次現場看到煙火，漂亮嗎？」

「很漂亮啊。」

「歌手也比南部的跨年晚會大牌吧？」

「對啊，我同學超開心的。」

我和他傳了半天，他卻都在聊著跨年的事。我心想：「該不會他想跟我說的就是這些吧？」

我忍住睡意，陪他繼續閒聊，總算逮到將話題導回「正軌」的機會：「對了，你在訊息裡說有事情要跟我講，到底是什麼呢？」

「沒啦，其實也沒什麼大不了的事。」

他的回應給人一種扭捏的感覺。

「是什麼事嘛？說來聽聽。」

我盯著對話框直看，他的狀態一直顯示著「正在輸入訊息」。這訊息輸入得眞夠久，約莫半分鐘後，視窗裡才跳出一行文字：「我是在想，不知道你什麼時候有空，想約你來我家吃火鍋。」

繞這麼久的圈子，他只是想要邀我吃火鍋。爲了這件簡單的事，他竟然斟酌這麼久。我不知道他葫蘆裡賣的是什麼藥，便說：「如果時間OK，我沒問題啊，有幾個人要一起吃呢？」

「就我跟你而已啊，都一家人何必找別人？」

「我還以爲爸媽要來。」

「他們要工作，怎麼會有時間上來？」他接著說：「老爸不是叫我們兩個要常『相找』嗎？你住在宿舍，到你那裡也只能吃外食。臺北冬天這麼冷，就乾脆來我家吃火鍋，反正我有電磁爐，很方便。」

我直截了當地說：「今天晚上如何？」

「今天晚上？」他似乎有些意外。

「反正今天不是元旦放假嗎？」

他丟了個笑臉的圖案給我，說：「你突然講今天晚上，不過這對我來說有點趕……要整理房間還要買菜。」

「如果今天不行，改天也可以。」

「哎呀，擇期不如撞日，就約晚上六點吧！你可以搭公車到我學校門口打給我，我去載你，OK嗎？」

「OK、OK。」我當然滿口答應。

互道再見後，我關上電腦，眼睛卻直視著螢幕不肯離開，心裡全是對今晚的期待。

雖然身體疲乏已極，但肯定還要翻來覆去一段時間了。

26

下了車，我打電話給他，他說他在附近，要我等他一下。過一會兒，他遠遠地走了過來，原本黑色的頭髮又染成棕色了，不但比之前更長一些，也有燙過的痕跡。右耳戴著銀色的耳環，身上披著的黑色長大衣裡，穿著白色毛衣和平整的直筒藍色牛仔褲。

他向我揮了揮手，我回以一個微笑。

「你很準時呢。」

不知怎的，我竟不好意思正眼望他，低著頭說：「要來拜訪你，當然要準時囉。」

「我喜歡像你這樣準時的人。走吧，我車放在巷子裡。」

我跟在他身後，他走到一輛黑色的新款機車旁，拿出鑰匙。車看起來很新，車齡應該不超過半年，但我不記得家裡買過新車給他啊……

「你應該沒見過這台車吧？」他像看穿了我一樣，自己先問了。

我點點頭。

他拿出一頂白色安全帽遞給我：「這車是剛開學時候買的，我用打工賺的錢當頭期款，其他的則是分期付款，所以每個月都還要繳兩千塊。」

「難怪我沒聽家裡說你有買車。」

「反正自食其力，也沒必要跟他們說。」他跨上機車，發動引擎：「上車吧！」

剛坐定，就聞到他身上一股幽幽的誘人香味。

「坐好了嗎?走囉。」

我「嗯」了一聲，他便騎動機車。

他住在巷子最底的老公寓，車子就停在樓下的玄關。多雨的木柵，玄關又濕又暗還有著濃濃的霉味。黑暗中，只有一盞昏黃的小燈照著樓梯。我隨著他走上住處所在的四樓，他掏出鑰匙打開鐵門，眼前出現的是一個裝有鐵窗的狹小陽台，掛滿了各式衣物，地上堆積了不少雜物，讓陽台顯得更爲窄小。我們走過陽台，拉開紗門，走到房間門口。

公寓被分割成四間共用兩套衛浴的雅房，他住進門後左手邊的第一間。

他開啓房門，打開電燈，映入眼簾的是與外面完全不同的景緻。房裡鋪著木質地板，窗明几淨，雖然稍嫌狹小，但東西一樣樣擺放在該有的位置上，讓人有「回到家」的溫暖。我看著那床折好的棉被，突然心想，若是能與他一同窩在棉被裡，耳鬢廝磨，不知道該有多好。

「房間有點小，麻煩將就一些喔。」他說著，將和室桌從床鋪底下拿出來，擺在床跟書桌間的空位，盤腿坐了下來，也對我說：「請坐。」

我們七手八脚開始準備晚餐。我負責將食材放入鍋中，他則是去浴室裡洗菜。

水滾了，我涮好幾片肉放入他的碗裡。他對我笑了一笑，說：「這是你第一次幫我夾菜吧。」

「應該是吧，不過我小時候有幫你剝過蝦子。」

「眞的嗎？我怎麼都沒印象了？」

「你貴人多忘事啊。」

滾沸而蒸騰的水氣，讓整個房間都熱了起來，我們脫下了厚重的外套，天南地北聊著，不再拘謹。

我偷偷看他因熱湯入喉而紅潤的臉龐，好迷人；我陶醉於他的笑靨中，嘴角邊的梨窩，可愛又吸引人。

我喜歡他。

喜歡一個人沒有錯，但是我喜歡上的是我的雙胞胎弟弟。這錯了嗎？就算喜歡，也不能明說，更不可能在一起。雖是如此，我卻在心裡祈禱，求神讓我有機會再次與他擁抱；求神給我恩典，讓我可以跟他更緊密地連結在一起。若是兄弟兩人在倫理上犯了天條，我願意承擔任何的懲罰。

時間不知不覺已過晚間十一點，雖然食材還剩一些，但我們飽脹的胃，已塞不下任何東西。

我伸了個大懶腰，揉揉突出的肚子說道：「唉呀！十一點了，我該回去囉。」

「嗯，時間眞的不早了，我送你吧。」

「不用麻煩啦，外面那麼冷，我搭公車就好。」

他好像在想什麼，沒答話。

於是我起身拿了吊在衣架上的外套穿上，拉上拉鍊。他則坐在床沿，看著我。

我穿好鞋子，準備開門之際，房間裡的電燈突然熄滅，陷入一片黑暗。

我伸手四處摸索：「怎麼突然把燈關……」

話還沒說完，突然有個人從背後環抱我的身體！

這一抱，抱得我腦中一片空白、兩腿發軟，更抱得我的心砰砰地狂跳。

黑暗中，眼前不見一物，只有外頭走道的燈光微微透入門縫。我僵站在原地，身體無法動彈，只能憑最原始的感官，感受這突如其來的一切。

他將臉頰湊近我的耳際，用冰涼的鼻尖嗅著我的髮梢。我用力咽了一大口口水，試圖讓自己理智一些。但我緊張到呼吸困難。他用雙唇吻了我的耳垂，然後徐徐地往耳背移動，輕輕囓咬著。他的右手游移到我的腹部，輕撫了一會兒後，順勢將手指探進我的褲子，觸碰到神祕森林的邊緣。他解開鈕扣，拉下拉鍊。我的四角褲，完全無法抵擋他倏然伸入的手，猶如老鷹抓小雞般，將我熾熱的硬屌，握入手中。

他用舌尖在我的耳根與頸背來回舔舐，右手則上下套弄我的分身。他左手也沒閒著，從我的衣襬往上摸去，尋得我已微硬的乳頭，用手心輕柔地畫著圓圈。他緩慢，卻精準地推進，每個動作全都實在地擊中我最敏感的地帶。他的碰觸是輕柔的，由慢而快，再由快而慢，用盡身上所有能使用的武器，那是包圍戰式的數路同時夾攻，從頸背、乳頭到馬眼，圍攻著我。

我毫無招架之力，飽脹的陰莖告訴我，它已無法再忍耐下去。我拚了命地緊縮會陰部，想要延緩精液的噴射。但他立刻察覺到我身體的反抗，加快了手上套弄的速度，一點轉圜餘地都不留給我。

我的馬眼洩漏出一堆黏稠的汁液，潤滑了他的手掌，反讓他更爲順暢地撫弄著我的龜頭。

「想射了嗎？射吧……」他在我耳邊低聲說道，然後將攻勢完全集中在陰莖上。

我再也抵擋不住，猛然倒抽一口氣，會陰強烈收縮，止不住的精液就這麼奔流而出，一波又一波，不但沾滿他的手掌，還射了一地。

我雙腿一軟，幾乎倒在他懷中。他讓我靠在他胸前喘息著，將沾著精液的手掌放到嘴邊，舔了一下。

我喘息著說：「啊……那東西應該又澀又腥吧。」

他卻輕聲地在我耳畔說：「不難吃，你要試試嗎？」

我不喜歡精液的味道，以前會將男人的精液吞下肚，都是爲了滿足他們的慾望，我未曾想過嘗試自己的精液。但是，他的聲音如魔咒一般指揮著我。我竟伸出舌頭，舔了舔他手掌上的黏液。舌尖立刻感受到一股苦澀，那不是令人愉悅的味道。雖然如此，精液的存在，卻是造物主和每個男人的約定，用嘴嚐它，就是實現著這約定。

突然間，他打開電燈，刺眼的白光讓我從幻夢回到現實。

他要我轉過身來。我依順了他。身高相仿的我們，四目對望著。他將右手放到嘴邊，像吃棒棒糖似的，將沾著液體的手指一根一根放入口中，吃盡上面的黏液。舔完手指後，他又將手心、手背的精液，舔食得一滴不剩。

他的表情好像在說：它不苦不澀，是像糖蜜般甜美。

「吻我。」他對我說。

我欣然接受他的指令，用我的唇貼上他的唇。我用舌尖往他口腔進發，勾引出他藏身其中的火龍，相互纏繞在一起。他陶醉在深吻之中，而我卻偷偷地睜開了眼睛。記得有人說過：「如果接吻的時候，對方閉著眼睛的話，表示他喜歡你。」

我想確認他是不是「喜歡」我。

他閉著雙眼，臉龐既熟悉又陌生。長長的睫毛，挺直的鼻樑，細嫩的雙頰，豐厚的嘴唇，眞是美極了。我就像希臘神話中的美男子納西瑟斯一樣，看著自己在水中的倒影，愛到無法自拔。

我如法炮製他剛剛所做的，先是撩起他的衣服，鬆開皮帶，解開褲頭的鈕扣，把牛仔褲脫到他的大腿處。褲子脫下後，出現的是一件白色藍帶的四角運動內褲，包覆在裡面的陽具，撐起一座雄偉的高峰，峰頂早已一片濕濡。

我像虔誠的信徒跪倒在地，對著他的聖物，展開最虔敬的膜拜。

27

我用鼻尖順著他內褲的邊緣，輕輕嗅著接壤地帶，那裡散發出淡淡的香味，混合著男人的氣息。那是種似曾相識的斑駁記憶，我曾費盡千辛萬苦潛入他的房間，與現在一樣，貪婪地嗅著他內褲上所遺留的體味。這氣味，少了點青澀，多了些濃郁。

我隔著內褲的布料輕撫著，用舌尖輕輕舔著大腿內側。那是男人最敏感的地帶，舔著舔著，內褲中的陽物更膨脹了一些。

他努力將沸騰的慾望壓抑在身體裡。我脫去他的內褲，硬挺的老二，昂然直立在我面前。它猶如春天破土而出的玉筍，馬眼閃耀著液體的光芒，猶如晨霧散去後的露珠，晶瑩剔透。他的龜頭散發出華麗的光澤，就像剛裹上糖衣的李仔鹹，滋味誘人。嗜吃甜食的我，一口將它呑入口中。

雖然這是我第二次享用他的肉棒，但滿足與喜悅卻未因不是初次而有減損。含住它，每一次都有特別的感受與莫名的快感。我深深呑入，然後吐出。雙眼看著他陶醉其中的表情，沉浸在爲他服務的快樂中，一心想取悅這位從我夢裡走入凡間的神祇。

我想看他的身體，掀起他白色的毛衣，裡頭穿著鐵灰色的內衣。他順勢一拉，兩件衣服一併被脫去，也被丟到地上。

他一絲不掛地站立在我面前，我眼中照映著相似的外表、相似的體型與相似的勃起陽具，這讓我一時忘卻，這是我對自己身體的愛撫？還是跟另一個自己的禁忌遊戲？

他不讓我專美於前，也迅速替我脫去所有衣服，伸手握住我再次勃起的陰莖，用左手摟我的腰間。我們鼻尖碰著鼻尖，胸膛頂著胸膛，分身與分身並立著。他微笑，輕輕問我：「你又硬了嗎？」

當他見到我的身體時，是否與我一樣，在瞬間有所疑惑呢？只是，愚鈍的我卻無法從他明澈的眼眸裡，猜測出他的感受。

我用雙手捧著他的臉蛋，想徹底看清楚這張我思慕已久的面容。我們四目相視，淺淺地笑著，我獻出一個深深的吻給他。我們相擁著，他輕巧的舌尖與熾熱的身體，融化了我的心，我纏繞在他身上，一刻也不想分離。

我們一邊擁吻，一邊挪動腳步，走向床邊。他往床沿坐下，我則蹲下身子，再次含入他英姿勃發的陽物。

我四淺一深地吞吐，弄得他頻頻低聲嘶吼，索性躺下身體，讓我上床來，繼續吹撫他的玉簫。

在我的伶俐撫弄下，他拋去矜持，縱聲浪叫；他的分身不斷膨脹，前列腺液瘋狂分泌，我覺得他似乎要噴射了。正期待飲盡這一泉瓊漿時，他卻突然坐起身來，將我推開。

我跪著看他，問道：「怎麼了嗎？」

他用手撩撥我的頭髮，吻了一下我的前額，說：「沒有，只是不想那麼快出來。」

「那現在要做什麼？」

「你說呢？」

「我不知道……」

其實，我早心裡有數。

他並未答話，只是猝然用雙手將我推倒在床，扳起我的雙腿，讓我的密穴毫無遮掩全然展現在他面前。

「啊……」我叫了一聲。

他面露微笑看著我。這抹笑，有些淫狎，更多是「哥哥，我終於征服你了」的滿足。

他用雙手扶著我，輕聲說：「我想要你。」

我搖頭對他說：「等一下…不可以這樣……」

倫理的界線早已被摧毀。他根本不理我，只是直往我的祕境進攻。他舔起我的陰囊，然後是會陰部，接著是屁眼。

「啊！那裡很髒！」

他不理會我的抗議，只是一心一意舔著被一般人視爲排泄孔的地方。他毫無任何罣礙，竟像品嚐美味一般，用舌尖往我的菊花瓣裡鑽去。這前所未有的的酥麻快感，驅策我將最後一絲的道德與矜持，盡然拋去。我的陰莖堅硬聳立著。我用身體反應告訴他，我是多麼地陶醉。

忽然，他停止舔舐，食指突然插入了我的後庭之中。

「啊！」這讓我措手不及。

因爲唾液的潤滑，減少了不適的感覺。他的食指慢慢加速，然後增加中指。中指的進入，帶來些許撕裂的痛楚。我屏住呼吸，放鬆肌肉，將注意力放在屁眼傳來的快感。

他用臉頰磨蹭我的大腿內側，問：「覺得爽嗎？」

我點頭回應。

「那就讓你更爽！」他說。

這種充滿挑逗的話，竟然從他的嘴裡說出來。我錯了，他眞的不是我想像中那種無情的人。

他的手指仍插在我體內，彎下腰，用口銜住我挺立的分身。

我倒抽了一口冷氣，這種感覺好奇妙。

他吸吮我的陰莖，也持續用手指抽插著我，這讓我不由得淫叫起來。

「啊！啊！」

他覺得我已經準備妥當，便將手指拔出後庭並吐出我的陽具：「那裡比較放鬆啦，沒那麼緊了。」

我躺在床上喘息著，無力回答他的話語。

他摸了摸我泛著水光的分身說：「你想要我進去嗎？」

終於來到這一步了。我早就完全繳械，如今在我面前的，不是生理上的雙胞胎弟弟，而是一個我想跟他做愛的男人！

他從抽屜裡拿出一只保險套，熟練地撕開包裝，套上勃起的屌，再從床底下拿出潤滑劑，打開瓶蓋，擠出黏稠的液體，塗抹整根陽具。接著，他扳開我的雙腿，一句話也沒說，就將發燙的鐵棍，插入我的身體之中！

他的抽插時而快、時而緩，頂得我萬分舒爽，快感如一波波巨浪襲來。事實上，與他做愛，並不在我內心長久以來的慾望中，我想接近他，卻不是想與他發生性接觸；我想窺伺他的身體，並不是想和他做愛。現在的狀況，好像太超過了，而且眞的超過很多。他要我改換姿勢，從我身後插入。我趴在床上，翹起屁股，他把陽具挺進我的後庭。他抽插速度不斷加快，我們的身體猛烈地碰撞，發出響亮的「啪啪」聲。此刻，在床上的是兩具汗水淋漓的男體，而雙股之間，也流滿著黏稠的汁液；奇怪的是，我的雙眼竟被莫名湧出的眼淚給模糊了視線。那是滿足的淚水，也是悔恨的淚水，是即將達到高潮、喜極而泣的淚水，更是預期將來到的空虛，爲不可能的未來所流下的淚水。

他進出的速度越來越快、越來越快，突然大吼一聲，老二在我的屁眼裡猛然搏動。他用最爲猛烈的力道，將屌最後一次捅入我密穴的深處，然後一切都靜了下來。

他射了！

我的弟弟，在他哥哥的身體裡，射出了他的精液。

28

潮濕冷冽的冬夜，床上兩具男體卻散發著無比的熾熱。豆大的汗水沿著他的長髮，滴落在我的脊樑上。他如鐵般堅硬的陽具仍未從我的後庭中撤出，他俯在我胸前，問道：「覺得如何？舒服嗎？」

「嗯……」我的回答中帶著羞怯。

他說：「不過…你還沒射……」

語音未落，他的腰又擺動起來，在我的體腔內展開新一輪的運動。

他繼續抽揷，一邊替我手淫。我流出的汁液，沾滿他的手。我忍耐不住而縱聲大叫，全身發熱，享受他第二波的衝刺。

我屁眼裡的保險套滿是他剛剛射出的精液，隨著他的進出，不斷發出「咕篤」聲。這淫蕩的場景，讓我的情緒直達高峰。忽然，有股電流般的感覺，從會陰部直衝陰莖。我的陰莖無意識地快速顫抖，後庭不斷劇烈收縮。瞬間，一道道的精液，從我馬眼裡噴射而出，黏稠的液體，就這麼灑落在床單上。

我眼前亮了起來，望著他，有如從天而降的天使，滿足又溫暖的笑容，讓我伸手摟緊他火燙的身軀。我緊緊摟著，只想留住這美妙的奇異時光。

※

沖完澡走出浴室，他打開窗戶，坐在床沿，嘴裡叼著一根香菸。

我怔忡站在原地，不知該往哪裡去。就這麼站著，直到他將菸捻熄，關上窗子。

激情退去，理智回復，思緒湧上心頭。方才所做的，是一件逆倫的行爲沒錯。

他撥了撥瀏海，轉頭看著站在浴室門口的我，說：「我知道你在想什麼，我跟你想的是同一件事。」

我沒有答話。

「不用這麼拘謹，來這邊坐吧。」他拍拍身旁的床墊。

我有點畏縮地走到他身旁坐下，他卻大方地伸出手，再次摟住我。

他看著我，那目光有如燃亮的火炬，徹底看穿了我。

他說：「你不覺得，我們長大後個性好像變得很不一樣嗎？」

我還是沒說話。

他又說：「在國中的時候，你總是很多話，幾年過去，你話變少了。我也猜不透你的想法，但我會這麼做，只是順著我心裡想要的。」

原來，這也是他「想要的」事。既然我們都想要，去追求又何嘗不可。但……

我倚在他身旁，開口：「但是……我們的關係似乎不能做這種事。」

「什麼事，亂倫嗎？」

他竟大大方方地說出來了。

他說：「亂不亂倫是外人的評斷，對我而言這兩個字一點意義也沒有。我們的身體是自己的，難道做了這件事，上帝就會因此將我們天打雷劈嗎？這是我們兩個人的關係，應該沒礙到別人吧？」

「但是…在倫理道德上，還是不允許這樣的事……」

「哥哥……」

他叫我哥哥，這應該是第一次吧。

他繼續說：「這事就只有天知、地知、你知、我知，你我不說，又有誰知道我們『亂倫』呢？」

我長長地吐了一口氣，想把糾結在心中的苦悶吐出。我將手放到他大腿上：「唉。雖然我覺得你說的有道理，或許是我觀念比較傳統吧……」

「哈哈哈哈。」他突然大笑起來，捏捏我的臉，說：「我們多做幾次就不會覺得怪了。」

他笑得好開心、好自然，但是我卻無法跟他一樣輕鬆。

「好啦，時候真的不早了，我也該回去了。」

我站起身來，打算拾起散落在地上的衣物，但他卻拉住我的手說：「傻瓜，都半夜一點了，你哪來公車可以坐？你知道我很怕冷，我不想騎車載你回學校。」他接著說：「今晚就陪我睡吧，明早再送你去搭車。」

我點頭轉向他，坐到他的腿上。他摟住我，我細細地端詳他的臉龐。從小到大，我其實不喜歡自己，這種不喜歡是比較而來的不喜歡，因爲他討大人喜歡，而我則否。我無法勝過他，於是選擇自我放棄，但自我放棄所導致的失敗，反讓我深深地渴求救贖。

我情不自盡地再次吻了他。我覺得我比納西瑟斯幸運，沒有落水而死，我得到的是我與他依偎著、相視著，我落入他深邃的眼眸裡，沿著長滿水仙花的河岸漂流。

眞眞實實的另一個他，也是另一個我。

擁吻過後，換他倚在我身上。

我輕聲問他：「弟弟，你愛我嗎？」

他微笑著答道：「哥哥，我愛你。那哥哥你呢？」

「我也愛你，親愛的弟弟。」

29

我與他裸身相擁進入被窩。經過剛才的休息後，兩根屌又是火燙不已。但畢竟夜已深沈，一番床戰後，我們都累了。他靜靜躺在我的右胸上，我聞著他身上剛洗完澡的清淡香味，沉沉睡去。

隔天一早，他騎車送我去搭公車回學校。他家到公車站牌的路途不算遠，我趁著清早路上人車不多，從後座偷偷抱著他。在路上，我還是在想昨晚的事，它像幻夢般環繞著我，若非他早上用豐潤的雙唇吻醒我的話，我可能還認爲它是一場夢。

在公車站，他陪我等了幾分鐘。雨水夾在濕寒的空氣中，一絲絲落在地上的水窪裡，激出微小漣漪。我跟他並肩站在騎樓下，他脖子上圍著灰色的圍巾，上面沾了細小的水珠。上臺北後，他的氣喘加劇，我常看他圍著圍巾，心想改天要叫他少抽點菸。

他沒說話，只是靜靜站著，或許在想些什麼。我本來想找話題打破沉默，但腦袋因睡眠不足而昏沉，無法思考。

車子來了，我好不容易擠出一句：「改天有空，再一起吃飯吧。」

他站直瑟縮的身體，看著我笑了笑，點頭答應。

我坐上車，看著窗外他離去的身影，依然著迷。只是分開前的沉默，又讓我心生不安。雖然我們昨夜互訴「愛你」，但這「愛你」，是哪一種愛呢？是一種曖昧？或是只是純粹肉體接觸時助興用的甜言蜜語呢？他的主動很明確，但我卻對自己毫無信心。

我就是這麼欠缺自信的可悲男人。

接下來的三個禮拜，我和他偶爾會互丟訊息，但他卻不再提那天的事，而且我從他語氣裡發現他心情不太好。他告訴我最近功課很忙，社團內部又有一些紛爭要他排解，再加上要在學校裡打工賺錢，有點應付不來。既然他很忙，我也不好意思約他見面，只能透過訊息，替他打氣加油。

他的態度似乎證明了當天所說的「愛你」只是句空言。

期末考前那個禮拜，我鼓起勇氣打了通電話給他，但他的手機卻是關機。我沒有多想，也不敢再想，將注意力轉移到課業上。雖然我讀的是文科，但學校功課對我這種底子不好的重考生而言，還是相對吃重。雖然我期中沒有任何科目被預警，但進入冬天以來，我的外務增加不少，心思也因爲他的緣故，總是胡亂飄蕩著，對於即將來臨的期末考試，我擔心自己是否可以順利過關。雖然我已不視他爲潛在的對手，但和他的競爭情結，卻無法完全從我的心中去除。畢竟我的科系沒有他的來得前途光明，且他拿獎學金、拚交換學生，我頂多是努力不被當。這種差異，再次喚醒了我重考那年拚命努力讀書的動能。

考前那幾天，我頻頻拉著P醬往圖書館跑，回到寢室也是書不離手地猛讀，總算撐過了地獄般的期末考周。

禮拜五考完最後兩科之前，P醬的心就已開始放起寒假，早早約好了幾個同學考完後去唱歌。P醬也找我一起去，但這陣子的苦讀讓我身心俱疲，回覆說我不想去。只是P醬的「盧」功一流，說什麼也要拉歌藝不精的我去當分母。我抵抗不住他的再三請求，只得點頭答應。

好不容易考完最後一科，我踩著疲累的步伐走出教室，P醬從我身後滿臉笑意地跑了過來：「考完啦！開心歡唱的時候到了，走吧！」

「嗯……」我有氣無力地回著他。

「幹嘛這樣要死不活的？考完了要開心啊！難道是我沒找你弟弟來，你在不高興嗎？」

P醬突然提起他，讓我覺得全身不舒服，連忙說：「你在說什麼東西？我跟他不熟好嗎？」

P醬咯咯地笑了，對我說：「我是看你最近都沒講他的壞話啊，況且前陣子你不是才跟他吃了一整晚的火鍋嗎？」

「你也太會聯想，那天是吃太晚沒公車可搭，所以才不得不住他那邊。」

P醬瞇著眼看我，臉上帶著詭異笑容說：「晚餐會吃到沒公車，這就表示你們關係還不錯啊，要是仇人早就翻桌走了吧。」

「就……還在磨合中啦！」

P醬察言觀色的能力確實一流，他不動聲色地觀察著我的舉動，累積夠多證據後，才突然問得我啞口無言。正當我被問得冷汗直流時，外套口袋裡的手機震動了一下，拿出一看，是他久違的訊息，趁著P醬去找別人聊天，我偷偷開啟它。

他寫道：「你應該考完了吧，有空嗎？」

「嘿嘿，你在看什麼？」P醬不知道啥時又偷偷出現在我身邊。

「沒什麼……」

「沒什麼幹嘛那麼神祕，借我看！」

我把手機塞進口袋說：「不要！」

「不要就不要，交了新男人分享一下也不行。真是個小氣鬼！」

好不容易等到進KTV包廂，我才尿遁躲到廁所裡回訊給他：「我現在沒空耶！考完試跟同學來唱歌，晚點再跟你約可以嗎？」

外面已經用五月天的high歌在熱場了，我洗好手打算要出廁所時，手機又震動了，他回訊給我：「真是不巧，打擾到你，不好意思。我先去補眠好了，剛考完試很累。我只是想問你有要一起回臺南嗎？」

沒想到他竟傳來如此令人開心的消息。

我不敢在訊息裡表現得太過雀躍，只丟了個笑臉給他，然後寫：「我不知道系上寒假有沒有活動，沒辦法確定回去的時間。我唱完歌回寢室問一下同學，再跟你確認。」其實我很想直接回覆他「好啊！」只是「矜持」（其實是虛偽）一直是我用來維繫自我假面的工具，很難脫去。

他在簡訊裡提到「寒假」，我這才意識到它的無限可能。從上高中以後，我和他鮮少同時在家，這十多天的寒假，我們總算可以同在一個屋簷下相處。可是……我要怎麼跟他相處呢？我們如何面對父母、親戚、朋友呢？我與他又到底是什麼關係呢？

想到這裡，我胡思亂想又停不下來了。

走出廁所，P醬這個超級high咖已經開始又唱又跳了，他昨天臨時抱佛脚通宵讀書，今天竟然還能在KTV裡狂唱。P醬很適合往演藝圈發展，無論是誰點的歌，P醬都可以唱上個一兩句，而且唱功也不錯。至於我，陪他們唱了兩三小時，已經累到縮在沙發角落，陷入半睡半醒的狀態，直到P醬叫醒我。

出KTV大門時，時間已過半夜一點。

「欸，薛宗興，你眞的很不high呢！包廂裡吵成這樣，你還能睡覺。」P醬說。

「Sorry啦，我眞的很累，而且我眞的不太會唱歌……」

「你的歌聲還不錯啊，哪裡不太會？」

「就……對新歌都不熟啊。」

「要多聽多練嘛，平常我不都會用電腦放歌嗎？」

「唉唷，聽歌跟記歌的曲調、歌詞是兩回事啊……」

P醬就像夜半嘈雜逡巡的蚊子，不斷在我耳畔絮叨著。我眞想說：「呂志權你怎麼可以聒噪到這種程度？有沒有男人可以把他帶走，讓他少來煩我！」

後來我才知道，當你咒詛某人時，這個作用力就會迴向給那個人，讓他得到你所咒詛的……

折騰大半個晚上總算回到寢室，我努力想支開P醬卻徒勞無功，不但被他抓去洗澡，回來還要吃個餅乾、聊個天才要睡覺。好不容易等到P醬上床，我才能偷偷打開電腦。一上線，我就看到他發來的離線訊息：「你回來再丟我訊息。」

小綠人顯示著他在線上，我還在想該怎麼回訊時，他已經傳了過來：「回來啦。」

「我以爲你還在睡覺。」

「我睡飽了，在玩電腦遊戲。」

「考試還順利嗎？」

「還可以囉，你呢？」

「我喔……不要被當太多科就好了。」

「哈哈，你沒問題的啦！我相信你的實力。」

「你看起來心情不錯喔？」

「是嗎？文字訊息你也看得出來喔，還是我們雙胞胎的心電感應？」

「所以你真的心情很好？」

「算好啦，今天系上宣布我拿到公費的交換學生，寒假過後可以去俄亥俄州大學讀一年書。」

我初看到「俄亥俄州大學」，完全摸不著頭緒。後來才知道它是美國中西部一間名校。

聽到這讓人又驚又喜的消息，我回應他：「恭喜你啊！要出國讀書了。」

「可以出國開開眼界算是好事，不過想到要離開臺灣，還是會捨不得。只能趁今年寒假，多跟你還有爸媽相處。而且聽說那裡很冷。」

這對怕冷的他，肯定是個大挑戰。

「那只好多帶點衣服去了。」我說。

「哈哈！你該不會怨我丟下你一個跑到國外吧？」

他又猜中了我的想法。

既然如此，我只好鼓起勇氣，對他說：「對啊，你出國的話，我們根本就沒相處和瞭解的機會了。」

「這件事我也覺得很無奈啊。交換學生能通過也很出乎我意料，既然得到了這個機會，總不能放棄吧。我想你也會支持我才對，所以我也只能跟你說聲對不起……總之，這眞的很無奈。」

我能體會他的心情，卻也放不下心中的悵然。

我回應：「我知道，這是一件值得高興的事。你是我們薛家第一個出國留學的人耶，而且還是公費！」

「總之，我們還有寒假可以好好相處，相互瞭解。我買好後天回去的車票了，你要跟我一起走嗎？」

「好啊！」我二話不說就答應了。

其實，系羽從這周末到下周三有一系列的寒訓。爲了他，我只得對不起隊友們了。

30

禮拜六一整天，我心情愉快地收拾行囊，準備與他搭隔天早上的火車回家。愛纏人的P醬一大早就不見人影，據說是跑到臺中找朋友玩去了。少了P醬過分關愛的眼光，我總算可以自由地思考各種事情，傳訊息也不會有人在後面探頭探腦偷看。可惜的是，一天下來，**他**都沒上線。

午後的陽光微微透進寢室裡，房間裡另外兩個人都在玩他們的電腦遊戲。對遊戲沒啥興趣的我，坐在書桌前，一邊將衣服折好放進行李箱，一邊想著為什麼他沒上線。

我總是喜歡揣測別人的想法，像是他今天都沒回覆訊息，我就會覺得「他一定在忙」。只是這種「替人想」，卻總是與眞相大不同。至少我給了自己一個答案，這個虛構的答案讓我可以稍微安心。只是沒事我還是會望向電腦，想知道他回訊了沒有。但直到半夜，還是沒有新訊息傳來。我關上電腦，隨意從書架上抽出一本書來看，那是張愛玲的《怨女》。就算她的文字再精緻，再怎麼躍然紙上，仍無法撫平我躁動的心靈，才翻不過兩頁，又將書給闔上。我傻傻地對著牆壁發呆，直到有人拍了拍我的肩頭，叫了聲「阿興」。

我轉過頭去，原來是黑賢周秉賢。

「你在想什麼啊？」

「沒啊，就發呆……」

「在想P醬嗎？」

「我幹嘛想他？」

黑賢抓了抓他的半長不短的亂髮，對我說：「我看你跟他常常黏在一起，感情很好，想說你應該是在想他……」

「我跟他只是好朋友啊，你又不是不知道。而且他有時候還蠻煩人的。」

「哈哈，也對啦。」黑賢壓低聲音說：「還是……他在喜歡你啊？」

我噗嗤笑了出來，心想這樸實的人心裡也不全是遊戲跟動漫嘛。

「P醬幹嘛喜歡我?他又沒說他是gay。」

「但我覺得他是耶…他很像啊……你不覺得嗎？」

P醬花蝴蝶般的舉止，很容易讓人看出他的與眾不同。只是沒想到探問性向的話會從黑賢嘴裡說出來。我心想，如果黑賢覺得P醬是同志，那常跟P醬廝混的我呢?當然，我不敢問。

「我覺得還好耶，P醬只是秀氣一點吧。」我說。

「哈哈，我跟很多人也都覺得P醬很『漂亮』，他要是女的，一定很正。」黑賢笑得有些靦腆。

「這倒沒錯，P醬是個『正妹』啊。」

「如果他是gay，我想其他gay也會很喜歡他吧……」

「這我就不清楚了……」我雖用裝傻來回應，卻在心裡暗笑：「我是gay，不過我不會喜歡P醬。因爲P醬是我的『好姐妹』！」

這個話題沒有繼續下去，黑賢問我：「興仔，你肚子會不會餓，要去買東西吃嗎？」黑賢一問，我才發現沒吃晚餐，五臟六腑正咕嚕咕嚕叫著呢。於是我說：「OK啊，我也還沒吃晚餐耶！」

「那走吧！」

我用大量的食物，塡飽我對他的想念，也塡去我心裡的各種空思妄想。

吃完東西回到寢室，已經接近午夜一點了，打開電腦什麼都沒有……我落寞地關上電腦，到浴室梳洗後，躺上床準備睡覺。

「他明天應該會依約出現在車站吧？」

「車票是他幫我買的，若是他不來，我也回不了家……」

我越來越不安，躺在床上翻來覆去睡不著覺。

「這不跟他確認不行……」我告訴自己。

於是我鼓起勇氣傳了簡訊給他：「明天九點十五的火車，要記得到車站喔。」

我將手機放在枕頭旁，閉上雙眼，耳中只有黑賢的電腦遊戲發出的細微聲響。

正當我將要入眠的時候，枕畔的手機忽然響了起來！

我渾渾噩噩地接起手機，那頭傳來的是嘈雜的音樂聲，還有他的聲音……

「喂！」他不等我回答，直接說：「你又想太多啦！我明天一定會出現，你不用擔心！」

他幾乎是用喊的在跟我說話，因爲他所在的環境非常吵鬧。

「嗯，你會來就好……你人在哪啊？」

「我跟朋友在夜店喝酒，晚點就回去了。」

電話那頭眞是吵得不像話，直讓我的耳朵轟轟作響，而且他半夜突然來電，也讓我一時間不知道要說什麼。

「嗯……那我先睡了，你別太晚。」

「好！晚安。」

「晚安……」

按掉電話，我躺在床上，心想我倆的人生眞的差別好大，我在宿舍裡乖乖睡覺，他卻在夜店裡縱情放肆。我覺得這樣很酷，但我卻不知如何學他，也學不來。

至少他的電話讓我安了心，不用再煩惱他明天會不會出現在車站。

※

我在發車前十五分鐘抵達車站，他已在剪票口旁等我了。他穿著一身軍綠色連帽外套倚在牆邊，裡頭是一件白色圓領衫，下半身穿著合身卡其褲，雙腿看起來特別修長。他看到我便走了過來：「看吧，我比你還早到呢！眞不懂你在擔心什麼？」

不等我回答，他從外套口袋裡拿了一張車票遞給我：「走吧！去坐車。」

我跟在他後頭通過驗票閘門，他看起來精神十足，不像昨天半夜還在夜店裡喝酒的樣子。我問：「你昨天幾點睡啊？」

「大概……」他想了一下，說：「快天亮才睡吧。」

「那你不就睡不到三小時？」

「是啊！不過也還好，熬夜也熬習慣啦，三小時算夠了，只要別喝太多酒就好，反正已經放寒假了，回家再補眠囉。」

我們下到鐵路月台，開往南部的火車已在月台邊停妥，座位在車廂的中段，我將靠窗的座位讓給他，自己坐在靠走道的位子。

他將背包放上行李架，坐了下來，問：「你離上次回家已經多久啦？」

「我啊……我這學期還沒回去過呢。」

「沒想到你比我還不戀家，我至少回去過兩次。媽都沒叫你回去嗎？」

「有啊，只是我覺得沒有特別想回去，而且坐車要花錢，又要坐很久。」

我們成長在一個偏僻的小鎮，最方便的交通工具只有火車，但是自強號之類的快車不停，只有次一級的莒光號會停靠。搭莒光號回家一趟就要花近五個小時，來回一趟就是超過十個小時的車程。

他看著我：「這倒也沒錯，你沒在打工，來回的車票錢就可以抵一天的生活費了。其實你也可以去兼家教啊。」

他滔滔不絕地說了之前兼幾個家教的事，我靜靜聽著，心裡好生佩服。他什麼學科都敢教，連國中理化、高中數學都教。他說後來不教的原因並不是教得不好，而是在學校找到工讀機會，況且教家教打扮不能太入時，家長總不喜歡看到頂著一頭棕髮，戴耳環的家教老師。

「你的樣子看起來就是個乖學生，兼家教應該沒問題，我認識家教社的老闆，下學期開學前我可以幫你去問他。」

「好啊，謝謝你。」我說。

說來也有趣，上大學之前，他可是「乖學生」的代名詞呢！怎麼過沒兩年，我這個放牛班的爛學生，卻變成他口中的「好孩子」呢？

聊著聊著，火車在不知不覺間過了新竹，開在綠樹滿嶺的山線鐵道上。昨夜只睡三小時的他，漸漸抵擋不住睡魔的招喚，靠在椅背上，沉沉睡去。

熟睡的他，微微將頭倚在我的肩上，我則輕輕握著他的手。這時的我們不像兄弟，反而像一對情侶。

中部和煦的陽光從車窗外透了進來，身體感覺暖呼呼的。隨著火車規律的節奏聲，我也漸漸進入了夢鄉。

31

到站的時候是下午兩點，小鎮車站進出的人並不多，灑滿冬日陽光的車站廣場前，只有幾台空計程車，在等待遠道而來的客人。

「終於到家了。」我伸了個大懶腰。

「是啊！」他邊回答邊拿出手機，要叫家人來接我們。

我抓住他的手，雙眼直視他。

「怎麼了？」他一臉困惑，看著我。

我放下他的手：「這裡離家裡又不遠，我們就用走的吧。」

「好啊！好久沒有走路回家了。」他說。

我們提著行李，並肩走在小鎮的街道上。一路上竟遇到不少熟人，有雜貨店的歐巴桑，她是阿嬤的親戚；賣雞蛋糕的俊伯，小時候下課時常買他的雞蛋糕吃；還有他的高中同學藍仔，他考到中部的學校，也是放寒假剛回家。這個雞犬相聞、人人相識的草地所在，熟人不可能裝作沒看見，我們以微笑點頭代替寒暄，並未停下腳步。我心想，不知看見我們的人有沒有覺得驚訝？這對不合的雙胞胎兄弟竟然並肩走在一起。

在福德祠的大榕樹左轉，一條直直的產業道路映入眼簾，那是從小不知走過幾回的返家之路。以往我總是自己一個人走，但這次，我的身邊多了他。

路旁的田水已灌滿，剛播下不久的青青秧苗，隨著輕風而擺盪。略涼的南國冬天，風吹水面，興起粼粼波光，照著我倆的人影。他看了看四周，確定沒有人，竟偷偷牽起我的手。

小路盡頭再轉一個彎，一個小型住宅區塊坐落在小路兩側。右手邊有四戶人家，他們都姓何，是同一個祖先的家族；左手邊則有兩戶，靠近路口的姓林，一對務農的老夫婦住在裡面，而靠近後方圳溝，有著紅色鏽蝕斑駁的大門的房子，就是我長大的所在。這裡有我們的共同記憶，也是共同依戀的故鄉。

他放開我的手，從背包裡拿出鑰匙，就在要往鑰匙孔插入時，我抓住他的手腕。他轉過頭來看著我，我沒說話，而是直接吻上了他的唇。

在紅色斑駁的鐵門前，這家的孿生兒子激吻著。這吻有著兄弟禁斷戀愛的刺激，也帶著睽違歸鄉的想念，更有肆無忌憚的狂妄。

雖然他溫柔的舌尖讓我的褲襠昂然勃興，但這美好的吻卻不能持續太久。我們只能壓抑激情，放開對方。我看了看他，他點點頭，知道可以去開門了。

他將鑰匙插入孔中，用力轉動，那再熟悉不過的「喀啦」一聲響起。他用手推開大門，傳出沈重的軋軋聲。

屋裡傳來母親的聲音：「是啥人？」

「我啦！」他喊了一聲。

「是阿廷喔，汝轉來啊！」

不愧是生養我們的母親，世界上只有她可以分辨我與他極爲相似的聲音。

我也跟著喊了一聲：「擱有我！」

「啊，是阿興喔！」

我們還在脫鞋時，母親已從廚房跑了出來。拉開紗門高興地說：「恁竟然會做伙轉來，眞稀罕喔。」

我笑了一笑。他則說：「就兩个人拄好有時間，就做伙坐火車轉來啊。」

我看看母親，再看看他，相視而笑。

雖然晚餐已經做了一半，母親還是特地再紅燒了一尾鱸魚，還跑到街上買了一大盤滷菜。

「恁也無較早講，安呢我會使準備較濟物件互恁食……」媽媽一邊煮菜，一邊碎唸。

至於晚回家的老爸，看到我們也高興地拋下滿身疲憊，吃飽飯後拿出他珍藏的紅酒與我們共飲。

這應該是我們父子三人第一次同桌喝酒。

幾杯「紅湯」下肚，父親問：「恁是當時感情變這呢好？有講擱有笑。」

「無愛佮汝講。」他笑著說。

「是有啥物這呢神神祕祕，連這抑無愛佮阿爸講喔？」

「啊就『祕密』啦。」

我也插嘴：「阮以早兩个感情歹，汝也煩惱；今嘛感情好，汝顛倒開始問東問西。」

「是袂使問喔？」

我們兩個異口同聲地說：「袂使！」

老爸好氣又好笑，只得一口乾盡杯底剩下的酒。

才踏入家門沒多久，家裡的氣氛完全變了個樣。笑容不曾離開父母親的臉上，家裡感覺也不再晦暗，我輕鬆自在地進出房間，不需要忌諱他的存在。雖然他還是躲在房裡做他的事，我也仍坐在客廳裡看電視，但以往那不屑一顧的眼神早已消失。我們能夠望著彼此，開懷大笑。

晚上十一點，早睡的父母親已上樓就寢，我仍坐在客廳藤椅上惡補我這半年缺席的「電視課」。他打開房門，穿著寬鬆的睡衣走了出來，一屁股便坐在我身旁。

難得看他穿得那麼隨性，頭髮沒塗塗抹抹，棕色的瀏海貼在他的額際，常戴著的耳環也取了下來。剛洗好澡的身體發出的不是濃郁的香水味，而是淡淡卻又熟悉的肥皂香。雖是如此樸素，卻更加吸引著我。我好像回到了青春期，回到那渴求一切卻得不到的青澀時期。

他對我說：「在看什麼？」

我隨性地回答：「沒啊，就亂看。」

語音未落，我感覺到耳畔有人在向我吹著氣。

我立即明白他的用意，但是，這總是家裡，不太好吧……

他越靠越近，用溫熱的嘴唇夾住我的耳垂。我的心頭砰砰響，卻仍故作鎮定，假裝看著電視。雖然早已分不清電視裡演的是平庸的男女情愛，還是低俗的綜藝節目。

他一面用舌尖玩弄我的耳垂，一面將手悄悄伸進我的褲子裡，握住我勃起的分身。他從我的耳際吻到脖子，手則套弄著我的陰莖；他的左脚跨到我的身上，坐了上來。

他親吻我發燙的臉頰，然後往我的雙唇靠近……

「不行，在這裡不行！」我推開他。

他不理睬我的話，仍硬要親我，我用手抵著他，不讓他靠近。

他抓住我的手，說：「爸媽都睡了，他們不會看到的……」

「啊…去房間啦……」我說。

他聽了這話，好像有些掃興，停了下來，倏然起身。

我怕他生氣，急忙拉住他的手。他回頭，笑了笑說：「別緊張啦，就進房裡吧。」

他拿起遙控器關了電視，拉我往他的房間走。打開房門，我跟在他身後進去。

房間裡的漆黑籠罩著我們，但這畢竟是他熟悉的空間，他迅速將我的身體往牆邊壓，並鎖上房門。

這是我時隔多年後，再次踏入他的房間，上一次是不請自入，而這次是在他的邀請下，光臨這個充滿誘惑的房間。

他的房間散發著一種冰涼的氣味，與之前的味道並沒有太大差別。唯一的不同是多了一股淡雅的香氣，這應該是他帶回來的香水所散發出的味道吧。

他不給我太多時間調適，雙唇直接貼上了來。我伸出舌尖與他相交，就像丟進汽油桶的火柴，剎時點燃了我們體內的慾望，熊熊烈火瞬間蔓延到我們全身，滾燙不已。我們急著脫下對方的衣物，狂野地擁抱和親吻。我迫不及待地主動發起攻勢，跪下身體，仰頭沿著他的胸口又舔又親。

他放肆地大叫，喚醒了我的淫慾。我尋得他勃起的肉棒，因爲飢渴難忍，便直接含入口中。在黑暗裡，那根散發出雄性味道的棒棒糖，眞是無比美味。他用手扶著我的頭，一推一送，要我隨著他的節奏吞吐。今晚的他似乎很性急，讓我含著他的龜頭，自己用手急速地套弄陰莖根部。

「射了不就結束了嗎？」我心裡想。

難道他不想要與我床笫纏綿嗎？我怕他達到高潮後就不理我，一面替他口交，一面也套弄起自己的老二。

他發出低沉的嘶吼聲，放開手，擺動他的腰部，快速地抽插著我的嘴。他硬挺的分身突入我的喉部，弄得我亟欲作嘔。我掐了一下他的大腿，但他一點也沒有停止的跡象。不一會兒，他的分身越脹越大，眼見就要射精在我嘴裡。

就在要射出的當下，卻忽然將分身從我的口中抽出，說時遲那時快，他的精液便一股腦地射在我臉上！

原本預期的口爆，卻成了顏射。

黏呼呼的液體射了我整臉，從我的額際流到鼻翼，然後再緩緩淌流到嘴邊。我猜，這下應該連頭髮、眉毛都被沾到了……

「先別張開眼睛，沾到那個會很痛。」他說話的同時，也打開電燈開關。

我從未被顏射過，不知道他說的是不是事實，只好乖乖地閉著雙眼，等候他下一個指令。

我感覺到他用溫熱毛巾擦拭著我的臉，從額頭、眉心、眼瞼、眼窩、鼻樑、鼻翼、臉頰、嘴角，直到下頷。

「等我一下，我去換條毛巾。」

他將毛巾洗過，又徹底擦拭一遍我的臉。

「好了，應該可以張開了。」他說。

我慢慢張開眼睛，日光燈的亮度一時讓我難以適應。起初我看到一團黑影橫陳在床上，等到視力從模糊恢復正常，才看清楚那黑影是他。他趴在床上，屁股向著我，高高撅著。他用雙手扳開雙股，那朵美麗的菊花，就在其中綻放！

我愣住了，不知如何是好。

「快過來啊！」

我決定遵從他的招喚。剛才的久跪讓我雙腳發麻，我只能緩緩起身，挺著堅硬的分身，走到他的床邊。他翻過身子，將身體全然展現在我眼前，他剛射完精的分身，又再次勃起。在我仍失神於他的美麗之時，他將我拉了我去。我倒在他身上，兩個人堆疊在一起。他緊緊摟著我的身體，喘息著，全身發燙。

我和他耳鬢廝磨，兩根硬梆梆的鐵棍碰來碰去，越碰越硬。

我看著他，用手撥開他的瀏海，給予他美麗的額頭深深的一吻。他也仰起下巴，吻了我的下頷，笑著對我說：「你的鬍子比我少，都沒什麼鬍渣呢。」

我抓了抓他的鬢角：「這是因爲我年紀比你小。」

「才怪！」

他又親了我脖子一下，然後抓住我的分身，輕輕地對我說：「快進來吧。」

我點頭。

於是他轉過身去，將手伸入床鋪底下，拿出了一個喚起我記憶的熟悉物品——那個略顯老舊，原本棕色已略微褪去的紙盒——這個盒子，就是某個秋天夜裡，他將黃色書刊放進去的盒子；這個盒子，也是我潛入這裡時所發現的珍寶。現在盒子裡沒了黃色書刊，那只用過的米色保險套更早被丟棄，現在放著的是潤滑液和幾個保險套。

看著紙盒，再看看他，雖有滿腔愛火，卻也有青春已逝的傷感。

他不給我時間空想，從紙盒裡拿出潤滑液和保險套放在床上。他咬著保險套包裝的一端，然後用手撕開，裡面是一個粉紅色的保險套。他把它放在我的龜頭尖端，緩緩向下推送，直到底部。接著打開潤滑液，倒了一些在手上，均勻塗抹我整根陰莖。他熟練地潤滑好自己後庭，一切就緒後，用手拍了拍我的大腿說：「來吧！」

他躺在枕頭上，雙腿順勢抬高，雙股之間深不可測的祕境，又開展在我眼前。

他後庭沒有茂密的毛髮，僅有幾莖細毛長在粉紅洞穴的周圍，陪襯著敞開的後門。

我扶著他的雙腿，用分身遊走在菊門之外。我不敢冒昧進入，有禮地問他：

「我可以進去了嗎？」

他點了點頭。

既然主人請我入門，我也不再遲疑。我將龜頭逼進到門前，腰上用力一頂，龜頭便沒入花瓣之中。那是朵有生命的花，裡頭高低起伏、凹凸有致，隨著呼吸緊縮放鬆，與我硬挺挺的老二進行交互運動。

「快啊，整根進來。」他呼喚著。

於是我用勁一頂，整根陰莖便完全沒入祕境之中。

「啊！」

我握住他的雙手，輕聲問：「怎麼了？」

「好爽喔！」

說這話時，他竟有些羞澀地別過頭去，臉上泛著些微的潮紅。

「那要開始囉。」

「嗯。」

我扳住他的雙脚，怕他不舒服，只是緩速進出。他密穴內的肌肉緊緊包覆著我的分身，像是輸送帶般，將它引入後庭的深處。密穴裡既潮溼又溫熱，使我的陰莖也跟著發燙，抽插的速度越快，也就越熾熱。

「喔喔…喔喔…啊…啊……」他喊著，緊緊抓著被單。既淫蕩又滿足的樣子，是我未曾看過的。

他發現我在看他，害羞地掩住臉。我停下抽插，用主人的語氣命令他：「看著我！」他怯怯地放下手，在我們四目相接的當下，我竟看到了自己。因爲高潮而紅潤的雙頰，一雙澄澈卻柔美的雙眼，散發著依戀的目光，投射到我的身上。那是他從未有過的表情，沒想到我能夠征服這個傲然男孩的身體。在身體交合的刹那，我們好像重新成爲那顆尚未分裂的受精卵。你中有我，我中有你。

渴求在他眼中，渴求我用老二滿足他，我依了他的想法，將分身慢慢抽出到接近洞口處，再猛烈地插入。被頂到點的他，大聲地叫喊：「啊…啊啊…好舒服……」

房裡激情橫流，灼熱的男體交歡著，涔涔汗水從我雙鬢流下，陽具與密穴交合之處，早已一片濕濡。

我們改換姿勢，他如動物般趴著，我俯視著他，然後用火燙的分身，再次插入他綻開的菊花。我用盡全力衝刺，他堅硬的分身因著衝擊而頻頻晃動。大量的淫水從馬眼裡分泌出來，像晶瑩的露珠，一顆一顆滴落床上。

接著，我讓他躺下，繼續抽插著，雙手撫弄他美麗的軀體。他抓著我的左手，用口吸吮我的五指，我則將他的淫水沾在手指，塗在他堅挺的乳頭上劃圈。

「嗯⋯⋯啊⋯⋯嗯⋯⋯啊⋯⋯⋯⋯」

我感受到高潮即將來臨，便挺起腰桿，將速度放慢，用右手套弄著他的分身，以配合我抽插的速率，忽快忽慢，再忽慢忽快。

「哥哥，我快不行了⋯⋯⋯⋯」他抓住我的右手腕，哀求說。

「不，一起吧！」

我拒絕他的請求，加快速度，驅策著我的下身，做好射出的準備。

「你變得好硬，好爽喔！」他叫著。

「你的也好緊，我好喜歡幹你！」我也大吼。

「不行了，哥哥！」

湧泉般的精液，再次從他的陽物中激射而出！而我，也與他一起達到了高潮！

32

我將分身抽出他的密穴，黏稠的液體從菊花中流了出來。我抽了床頭的衛生紙，爲他擦拭。

我們花了一些時間善後，他坐在床沿，緩緩地說：「眞想抽根菸。」

他不說，我還眞忘了他有菸癮這件事。爲了在家裡扮演乖兒子的角色，想抽菸只能找機會到外頭去偷抽，眞是辛苦。

「你等會兒可以去後院抽一下。」

「外面會冷。」

「那就在房間裡打開窗戶抽啊。」

「沒辦法，爸媽會聞到菸味。」

「需要那麼擔心被他們知道你會抽菸嗎？老爸不也在抽？」

「我可是乖孩子呢，乖孩子哪會抽菸？」

「不能抽事後菸很痛苦吧？」

「哈哈哈，虧你還知道。事後菸的樂趣，是你們不抽菸的人所無法了解的。」

圍繞著抽菸的話題，我們一邊聊天，一邊拾起地上的衣褲，準備穿上。此時，一陣急促的叫喚竟從門外傳來——

那是母親的聲音!!

33

我嚇得驚惶失措，呆坐在床上，腦筋一片空白。

他倒是很冷靜，立刻穿上褲子跟內衣，然後把來不及穿的內褲跟外衣，連同我的衣服全都塞進床底下。

「蓋上被子！」他的命令喚醒呆滯的我，我拉起棉被，蓋住我赤裸的身軀，只露出一顆頭。

他冷靜地回答：「媽媽，汝有啥物代誌？」

母親在門外說：「恁兩个佇房間內底做啥物？」

「無啦，阮咧開講啦！」

「開講哪愛鎖門？」

「無啦……」他一邊說，一邊走向房門。

他竟然打開房門，我的心臟差點沒從嘴裡噴出來。

穿著睡袍的母親站在門外，臉上表情看來很平常。我好害怕母親會走進來，棉被裡的身體背脊發涼，直冒冷汗。

「啊就慣習甲門鎖牢。」他勉強擠出笑容回答。

母親沒多說什麼，而是直接走進房裡。看到躺在床上的我，一臉狐疑地問道：

「阿興，汝那會被蓋牢牢？有這呢寒嗎？」

「少可仔（一點點）……」我壓抑著緊張的心情，不讓母親察覺異狀。

「厚唷，汝這个囝仔，會寒就愛穿衫啊，放佇遐乎咇咇掣（四四挫，發抖），到時感冒就害啊。」母親關心起我的健康，但現在的我卻一點都不需要母愛，只希望母親能快點上樓休息。

母親還是不走，繼續問：「恁倆个感情眞正變較足好，是食毋著藥仔嗎？」

他不等我接話便回道：「就佇臺北三不五時會見面，感情就變好啦。」又接著說：「汝較早睏欸啦，明仔早起擱愛去菜市仔毋是？」

「好啦好啦，一直趕我走，恁倆个實在有夠神祕。」

母親終於離開房間上樓，他站在門邊裡盯著母親步上樓梯轉角，才輕輕地將房門掩上。此時母親的聲音又傳了下來：「恁卡早睏兮，毋通轉來厝內擱做暗光鳥。傷暗睏對身體毋好。」

「好啦！」他從門縫裡喊了一聲。

總算聽到樓上房間的關門聲。危機解除，我吐了口大氣，癱在床上。

「厚，差點被你害死。」他也像洩了氣的皮球般，跌坐在床邊。

「Sorry…」聽到媽的聲音，我整個人都昏了，全身無力，什麼事也做不了。」

突然間他坐直身體，轉過頭一把將被子從我身上扯開，無預警地使我赤裸的身體暴露在外。

他倏地爬上床，將臉湊到我身前，用機靈的雙眼上下打量著我。

「幹嘛？」

他沒說話，只用食指與中指夾起我那因爲緊張而縮到不能再小的分身，用力掐了掐。尿道裡沒排乾淨的液體，被這麼一掐，擠出了一顆水珠，從包皮前端滲了出來。

他望著水珠，笑著說：「你眞的是全身發軟，連這裡都軟了。」

「我怕死了，可以吧？」

他「哈哈」笑了兩聲，說：「不弄你了。」放開我的分身，將我從床上拉起來。

「穿好衣服，陪我躲到後院抽根菸吧！」

「媽說不定還沒睡呢。」

「她沒睡就沒睡，我要跟他們坦承我會抽菸了，這樣躲躲藏藏也不是辦法。」

我起身，分身隨著身體的移動而擺盪。在我沒注意時，馬眼上又一顆晶瑩的水珠，猝然落下，滴到灰色的磨石子地板上，暈開了。

他拉著我，走過陰暗的廚房走道，打開斑駁的綠色木門。冷風撲面而來，南國的冬季並不甚嚴寒，反而有深秋未去的感覺。後院的雜物變得更多了，早年養小雞的棚子也已傾頹。他倚在水泥籬笆上，掏出香菸與打火機。火光映著他的臉龐，與少年時代相差不大。國中三年級的那個晚上，我只能遠遠躲在院落，看著他套弄尚未發育完成的少年陰莖。如今，他竟與我站在這裡，相依相偎在無垠的星空下。

34

轉眼已是小年夜，這些日子我們被母親叮囑打掃家裡，並把後院那些陳年的雜物搬去丟掉。雜物清除後空蕩蕩的後院，激發了他的閒情意致，竟跑到街上買了幾株玫瑰花，栽在拔除雜草後的土裡。他對我說，若是好好照料，過陣子就會開花了。我半開玩笑地說：「如果開了，我就把它剪下來送給你當情人節禮物吧。」

他靦腆地笑了，淺淺的笑容帶著深情。若非母親在廚房裡，我眞想一口親下去。

下午母親要我們到新營街上去買些年貨回來，我和他異口同聲地答應。總算有兩人獨處的時間了，我恨不得趕快出門。中午一吃飽飯，便騎著摩托車出門。

在臺北是他載我，回到南部，就換我盡一下當哥哥的責任。

一路上，我們說說笑笑，看似兄弟，又像情人。陽光也很捧場，二十七、八度的高溫不由得讓人覺得口乾舌燥。

「好熱喔，你想吃冰嗎？」前座的我問。

「好啊，但是，冬天冰店有開嗎？」

「有吧，那天我有看到阿婆的店有開。」

「那就去看看吧！」

我將機車掉轉方向，冰店就在不遠處，我在門口停下車。

店門口依然掛著兩塊圓型的「黑松汽水」與「販賣部」老招牌，至少有二十五年歷史的它們，已經滿布鐵鏽、模糊不清，阿婆卻無意將它們取下。或許是它們見證了冰店的歷史和老店的價值。陳舊冰店裡顯得有點陰暗，灰白色的牆上貼著泛著黃漬的海報，唯一較新的是白鐵流理台上，美食節目主持人訪問後與阿婆的合照。

店裡沒有客人，阿婆坐在那裡看電視。我輕輕拉了他一把，並肩走進店內。我對阿婆說：「阿桑，阮欲食冰。」

阿婆轉過頭來看見我們：「喔，少年仔，眞久無看到恁啊，息寒（放寒假）轉來喔？」

「對啊，轉來過年啦。」他說。

「變這大漢啊，攏認袂出來啊。抑毋擱，恁嘛是生做眞像呢，叨一個是哥哥？」

「我阿兄啦，伊阮小弟。」我說。

「欲食啥，仝款嗎？」阿婆一邊說，一邊開始在流理台刨起冰來。

我看了他一眼，他點點頭。

我對阿婆說：「嗯，及佮早仝款。」

「小弟欲草莓旺來冰攙煉乳嘛。」

沒想到八十好幾的阿婆記憶力如此驚人。

「無毋著：阿婆汝記持真好。」他說。

阿婆一邊幫他的冰加上煉乳，一邊說：「唉呀，食老啊，足濟代誌攏嘛也是會定定袂記。」

「弟弟，汝欲啥？」阿婆問我。

「我欲三種冰，芋圓、粉粿，擱有仙草。」我說。

「好，我連鞭做。」

我們選了靠門口較明亮的位子坐下，阿婆一會兒便將冰端上桌。

微微的風吹進店裡，吹動牆上老舊電風扇的扇葉，他的髮梢也被風輕輕地拂弄著。

我看著他，他竟發著呆。

「幹嘛不吃，如果你不想吃，借我吃一口吧。」不等他回話，便伸出湯匙挖了一口他的草莓鳳梨煉乳冰。才吃半口：「好甜喔。」

「不吃了，還你！」我將湯匙湊到他嘴邊，他笑咪咪地將那半口冰吃進嘴裡。

我吃了一口自己的冰，碎冰在嘴裡緩緩化開。那甜蜜的味道，布滿了整個口腔，這種令人懷念的滋味，只有在故鄉才能品嚐得到。

「不會啊，甜甜的才好吃。」他說。

「才怪，只有你才會吃這種奇怪的口味吧。」我說。

我看著他的表情，好迷人。他的笑容如此甜美，濃郁又香甜；這是幸福的甜蜜，是從心底浮現的甜蜜，美味到怎樣也化不開。我只能被圍在中間，細細享受這短暫卻永恆的幸福時光。

35

「接下來該怎麼辦？」

「我能愛我的雙胞胎弟弟嗎？」

「這種關係到底是親情還是愛情？」

好多問題，橫亙在我心中，盤旋不去。

他心裡應該也存在這些問題，但他從未談起。

寒假結束回臺北後，我們過著一種既不像情人，也不像兄弟的生活。我們大概每半個月就見一次面，在他家的床上，我們親吻、口交，然後做愛，像情人一樣相擁過夜。

當然，親密僅限於房間裡，出了門我們是雙胞胎兄弟。

到了他要離開臺灣前往美國的前夕，我總算鼓起勇氣問他：「你覺得我們這樣是什麼關係？」

剛做完愛的他，坐在床邊，難得沉吟了許久才開口：「我們是兄弟。」

「只是兄弟嗎？」我問。

「精確一點地說，是雙胞胎兄弟。」

「只是雙胞胎兄弟嗎？」我又問。

我躺在他大腿上，他摸著我的臉頰：

「雙胞胎兄弟不一樣啊，我們現在，就是回到母親體內的原初狀態，我們本來就是同一個受精卵。

我們可以相愛，或許是愛情般的相愛，也可能只是親情的相愛。若是哪一天我們沒了愛情，但親情仍然永遠存在；哪一天沒了肉體關係，我們也仍然永遠都有原初的同體關係。

所以我才說要順其自然。自然讓我們從同一個受精卵，分裂成兩個不同的個體，然後因著各種因素越走越遠，直到那個下雨夜晚的轉折，讓我們回頭走向彼此。『人有悲歡離合，月有陰晴圓缺』，這就是我們的人生，就讓我們隨心所欲吧。

我很喜歡我們這種關係，你我都可以選擇要不要繼續保有它。畢竟我們是獨立的個體，如果你我其中一人找到了可以愛的對象，就把一些愛分給他吧！對我而言，你的愛不是最重要的，它是親情的附加品。我們之間愛情的作用，是更確定我們的兄弟親情，它有可能消逝，但我們的親情卻不會因爲沒了愛情而減少。」

他吻了一下我的額頭，說：「我講這麼多，你懂嗎？」

我的臉上，不知何時已布滿了淚水。

「我出國後，你要好好照顧自己，也要照顧爸媽，當然我也會保重，反正才一年而已。或許我回來會繼續愛你，也有可能我交了個外國帥哥，說不定你會比我更早遇到你愛的人，這沒關係，因爲兄弟一起都不要緊了。只要誠實告訴對方，我們都會祝福彼此的……」

說到這裡，他也哭了，我將他摟在懷裡。

他的話，有點玄，我不完全懂，但我能理解他的意思。

十天後，他登上了往美國的飛機，父母因爲工作沒能來送機，只有我向系上請了一天假，陪他到機場。

他走了，頭也不回。

我又孤獨了。

雖然難過，卻已無淚水。

36

回到學校時，天色已近傍晚，六月底的臺北市，這時還是熱得跟火爐一樣。學校大門口旁的樹蔭下，我發現了一個正在發呆的熟悉身影——是Teddy。

我不想讓Teddy看見，刻意繞遠路從他背後經過，但Teddy這個男人眼光銳利，就算我沿著牆角走也還是被看見了。他笑著跑了過來，我只好也擠出笑臉，勇敢面對這個過去讓我又愛又恨的男人。

「好久不見了！」Teddy的笑顏還是這麼陽光，讓周圍瞬間明亮起來。

「好久不見。」

「你最近過得如何？」

「還不錯，你呢？」

「最近比較忙，工作多，加上阿姑生病了，常臺北左鎮兩頭跑。」

「阿姑生病？」我突然想起她缺了門牙的笑臉，這麼勇健的人怎麼會生病？

「她檳榔吃太多，口腔癌……」

「她還好吧？」

「幸虧是初期病灶，得開刀完後再做化療。」

「應該辛苦吧？」

「我把她接到臺中來了，不過她一直住不習慣，常嚷嚷著要我帶她回去。雖然雜貨店收起來了，但還是放不下公廨裡的事。」

「也難怪你瘦了。」

「瘦一點也好，之前肥到快九十公斤。現在一瘦下來，腹肌又出現了。」

Teddy這麼一說，我突然想起他漂亮的裸身和那根巨大的傢伙。

「你呢，還好嗎？」Teddy問。

「也是還可以。」

「有另一半嗎？」

「沒有…吧……」

「你那麼優，沒另一半也太可惜，我幫你介紹好了。」

「不…不用吧……」

「不用啊…那就代表你有對象囉?祝你感情發展順利。」

Teddy還是一樣，喜歡補充別人的意思。他的臉龐依然帥氣，但比起以前多了些穩重，希望他在感情上也能如此，穩定總比花心好。

雖然Teddy出現在校園裡讓我感到有些意外，但P醬最近的詭異舉止，卻無法隱瞞他們倆悄悄勾搭上的事實。不過想想，P醬跟Teddy在一起也好，憑他的「馭夫術」，肯定能把Teddy這個花心大蘿蔔煮成一鍋清爽不作怪、不礙胃的蘿蔔湯。

「那……我先走了。」我不是不想跟Teddy多說話，而是怕P醬下課出來看到我們，這樣就尷尬了。

「有機會多聯絡。」

「嗯，我們應該不難聯絡到彼此。」

Teddy笑了，我也笑了。

我頭也不回地往宿舍方向走，就那麼剛好，才轉了個彎，前頭P醬正向我迎面走來。

「唷，你送機回來啦。」

「嗯啊，你下課啦！要去哪裡？」我明知故問。

「去吃晚餐。」

「吃晚餐不找我？」

「我以爲你會跟你弟吃飽才回來啊。」

「我還沒吃，一起去吃吧。」

聽我這話，P醬臉上立刻露出尷尬的表情。

我用力拍了拍P醬的肩膀說：「哈哈哈哈哈，你這傢伙做什麼事都逃不出我的法眼，你們自己去吃飯啦！我才不想當你們的電燈泡!!」

「幹！薛宗興你很煩耶！」

「若要人不知，除非己莫爲。」我又說：「他是隻發情野狗，你要看好他啊！」

P醬伸出中指和食指，比出剪刀的樣子，笑說：「你放心，他敢亂發情，我就剪掉他的老二！」

37

目送著P醬的背影消失在教室轉角，我繼續往宿舍方向走。路旁幾株盛開的花，吸引了我的目光。

那是幾株玫瑰，有白的、紅的，也有紫的，被夕陽照射出特殊的型貌。我突然想起他臨行前對我說的話：「若是我想你，我會寄幾片美國的葉子給你；若是你想我的話，就寄我們過年前一起在後院種下的玫瑰花給我吧。」

我傻傻地笑了，心想：「嗯，周末就回臺南一趟吧！」

後記——真實與虛幻共存於文字之中／賈彝倫

誤打誤撞的開始，卻開出意想不到的花朵。

當年只不過是抱著「既然沒人寫，不如我自己寫」的戲筆心態，在鍵盤上敲下第一個字。起初我與許多一時興起提筆寫作的人一樣，寫了幾千個字後發現沒什麼人看，就打算讓它爛尾了。沒想到一兩個月之後回到當初發表的論壇上一看，點閱數不但突破十萬大關，底下還一堆人在問「接下來呢？」也有人說我「富奸」。我心想，既然有人想看，那我就繼續獻醜下去了。這醜一獻，至今也過了七個年頭，還出了書。

我喜歡與讀者互動，早期是讓讀者加我的通訊軟體，現在則是開臉書社團。讀者們總是有很多千奇百怪的問題，最常被問的問題是：「這個故事是眞實的嗎？」一開始我總覺得這個問題有些可笑，心想：「他們眞的看不出這只是虛構的小說嗎？」但在回答這個問題幾十次後，我竟開始有種幻覺，覺得作品中的人物好像眞活在我們身邊一樣。文字是死的，只有人的閱讀，才賦予了文字生命。透過我的書寫與讀者的閱讀，在眞實與虛幻之中，文字活了過來。

純粹興趣取向的小說創作並不是一件容易的事，用臺灣俗語來形容就是「吃飽換楞」的蠢事，作者投注許多時間心力，卻沒有實質上的收入。能這樣一路寫來，除了我固執的牡羊座個性外，讀者們也是我創作活力的重要來源。我最期待的事就是最新連載貼出之後，底下有人在「敲碗」，或在碎唸「怎麼斷在這裡」。我總是微笑著看著這些「抱怨」。是讀者們的回應，讓創作成爲眞實而非獨語。今日能出版第一本「處男作」，我最感謝的，還是各位讀者大大。

最後，大家在書上所看到的結局，算是一個悲喜交織，卻又留有一絲懸念的結尾。其實在網路上流傳的版本分別有96回版、100回版，還有100回修訂版，它們散落在網上各個角落。如果各位對「版本學」有興趣的話，可以試著在網路上找看看喔。

國家圖書館出版品預行編目(CIP)資料

Twins 我和他 / 賈彝倫著 .
-- 初版 . -- 臺北市 :
基本書坊 , 2015.10
304 面 ; 14.5 * 20 公分 . -- (G+ 系列 ; B030)

ISBN 978-986-6474-67-5(平裝)

857.7　　104017440

G+ 系列 編號 B030

Twins 我和他

賈彝倫 著

責任編輯　瑞秋、邵祺邁
封面設計　V.。
內文排版　林展暘
封面攝影　Hsu Huang LOKi TSAi Studio

企劃 · 製作　基本書坊

社　　長　邵祺邁
編輯顧問　喀　飛
法律顧問　鄧傑律師
業務助理　謝大蔥
首席智庫　游格雷

社　　址　100 台北市中正區南昌路二段 112 號 6 樓
電　　話　02-23684670
傳　　真　02-23684654
官　　網　gbookstaiwan.blogspot.com
E-mail　pr@gbookstw.com
劃撥帳號　50142942　戶名：基本書坊

總 經 銷　紅螞蟻圖書有限公司
地　　址　114 台北市內湖區舊宗路二段 121 巷 19 號
電　　話　02-27953656
傳　　真　02-27954100

2015 年 10 月 1 日　初版一刷
定價　新台幣 300 元

ISBN 978-986-6474-67-5